ふらんすのふたりのブッダが
おしえてくれたこと

ほんとうの生きる意味としあわせは、日本の仏教の中にあった……
色々な動物がいっぱい出てくる、ユメのようなホントのおはなし

文とイラスト
キヨコ・ヴィルジネ＝サゴウ
KIYOKO Virginet-Sago

文芸社

Ce que les deux Bouddhas français
m'ont appris

この本をレオとルルにささげます。
この二人がいなかったら、
今の私も存在しなかっただろうし、
この本がみなさんに読まれることも、
決してなかっただろうと思われますから。

もくじ

これは、日本で生まれたキキという女の子が、心の悲しみをいやすために外国へ解決（かいけつ）の道を探しに出て、ふたりのブッダに出会うという、本当のお話がもとになっています。たくさんの動物たちも登場します。

子どものころの悩み

　生まれたときからキキは弱かった。おなかはよくシクシクシクシクと痛かったし、特に心がとってもヒヨヒヨピヨピヨとデリケートにできていたんだ。それもオーバー過ぎるくらいに。

　なにかちょっと悲しいことやいやなことがあるとき、例えばひとりでおままごと遊びなんかしているときネ……ウラウラウラって、ウラうカな春風がウラ庭に舞い上がってきて、サクラの葉っぱのお皿でアレンジしたテーブルが、ウラがえしになったりしたときなんか、ウラ寂しくションボリと、人生について考えこんでしまったりした。

　夏休みの昆虫採集のときなんかも、キキが捕らえそこなったコオロギが、ポロリンと片足をなくしたのを見たりすると、ポロリンポロリンと涙がこぼれてきちゃったんだ。自分がまるで、殺人鬼になったような気がして……。

　そして秋になってお月見の季節がくると、キキの心はいつもドンヨリとふさいでくるのだった。輝く黄金色のイチョウの葉っぱや、燃えるような唐紅の色にかわりつつあるモミジの葉っぱは、息をのむほど美しかった。けれども

9

かえってその美しさの後ろに、ジワージワーと音もたてずに近づいてくるうす暗い冬を感じて、キキの胸はジワーンジワーンと重くなってくるのだった。

　キキは内気でシャイで、知らない人とお話することなんて絶対にできない女の子だった。でもキキの小学校の教頭先生は、キキのことを大好きで、とてもかわいいって、よくキキの写真をとって下さったことがあった。

　先生は、新聞紙を水にひたして作ったパピエマッシェという紙粘土のようなもので、キキが今までに見たこともないような素敵なパペットの手人形の作り方を、みんなに教えて下さった。

　先生が、あざやかな絵の具で描かれるお人形の顔は、とってもおしゃれなフランス人形みたいで、キキは大好きだった。やさしくって、ユーモアがあって、ハンサムで、背が高くて、ガッチリしていて、ホッペとハナが赤くて、この先生のことをキキは、

『ひょっとしたら、フランス人のサンタクロースかも知れないナ』

　と思っていた。

　そしてそのときキキは初めて、家族以外のおとなの人に心を開くということができたのだった。

　ズーッとあとになってお母さんから聞いたんだけれど、

子どものいない教頭先生はキキのことを、
「自分の娘にしたい」
　とおっしゃったということを。
「おたくは四人もお子さんがいらっしゃるから」
　って。もちろんおことわりしたらしいよ。
　だってキキは今だにお母さんの子どもでいるから。

トカトントン

　太宰治という作家の作品に、《トカトントン》っていう
短い小説がある。トカトントンというのはね、パンツが
「ビリビリ」にやぶれたとか、頭が「ツルツル」にはげて
しまったと言うように、実際にはない音のことなんだよ。
それを擬音語と言うんだけれど、太宰治の小説の主人公が、
まさにウツになろうとするときに聞こえてくる、想像の音
のことなんだ。
「トカトントン」と聞こえてくると、その主人公はだんだ
んふさぎこんでいって、どうしようもない苦しみを味わっ
てしまう。フランスではそういった想像の音をオノマトペ
と言って、たとえて言うとニワトリは「ココリコーッ」っ
て鳴くって言うんだよ。トリのくせにキキよりフランス語
話せるんだ。大きくなってから、ほんとに偶然にこの太宰

治の小説を読んだことがあった。そして読み終わったあとに思ったんだ。

『まったくもって、これはキキ本人の話じゃあないかァ』

　キキは小さいころから、と言うよりもそのずっと前から、いえいえ、もうほんとうにキキがお母さんのおなかに宿っているころから、心の中に暗ーい穴を持ってそのままコロリーンと、この世にコロガリーン出てきたような気がしていた。お母さんが、「これ、あなたが赤ちゃんのとき、あまりにもデリケート過ぎていつも泣いていたからあげてたお薬」と言って、キキに茶色のカプセルを見せてくれたことがあった。

　もちろん小さいときのキキには、精神的な問題なんてぜんぜんわからなかったから、やさしい家族がいても、愛情いっぱいに育ちながらも、それでも辛くていつもひとりぽっちって感じていた。

　そしてそのドンヨリと重い心は、キキにはどうすることもできなかったんだ。まさに「トカトントン」って音のしない音をたてながら、そのうす暗い穴がどこからともなく、ある日とつぜんにヌラヌラヌラと、キキの心の中に現れてくるんだから。

　それはなんて言うか、ほんのささいなことがキッカケで、例えばあのサクラの葉っぱでこしらえたお皿のテーブルが、

12

ウラがえしになっちゃったときとか、コオロギの足がもげちゃったとき。そしてお月見の夜に銀色のススキの穂(ほ)が、サヨサヨサヨとサヨナラの挨拶(あいさつ)をし始めたときとか……。

　ふつうの元気な子どもだったら、「なーんだそんなことっかあ。じぇーんじぇーん大したことないじゃーん！」なんて言って、クスクスケラケラカラカラと笑い飛ばしてしまうようなことでも、キキにとっては人生の一大事(いちだいじ)、というほどの大問題だった。気味の悪い底なしの落とし穴が、キキに向かってってパックリと口をあけてくるんだから。もちろんそんな穴は現実(げんじつ)には存在しないから、
「ほらほら、見て見て！　こんなにこわい穴！」
　と、誰(だれ)かに見せられるものでもないし……。
　たったひとりぽっちでその穴を掘りつづけて、ときにはそこから完全に出られなくなってしまうこともあった。それはちょうど、お墓(はか)の穴を掘っているような気持ちになってくるんだよ。わかってもらえるかなあ、そういうの。そしてそれもキキ本人のお墓の穴なんだけれども。

『こんな心になっちゃうのは、やっぱり自分は普通(ふつう)じゃないかも知れない。普通じゃないから友だちもできないんだ。いつもたったひとりぽっちでこんなに悲しい人生なら、どうして苦しみながら生きなきゃいけないんだろう』
　と、キキはよく思っていた。でもそんな風に思うことっ

て、キミもきっとあるんじゃないかなあ？　キミって卵の
黄身じゃないよ。君のことだよ。

お父さん

　キキのお父さんはね、本当にいい人だったんだ。頭がよ
くて、ハンサムで、上品で、やさしくて、理解があって、
いくら探しても欠点がないんだもの。キキとは比べものに
ならないくらいに。
　そして、『どうしてこんなに大きな心がもてるんだろう』
と思ったことがよくあった。

　キキのお父さんはね、学校の先生だった。教え子にとて
も慕われていたから、卒業してもみんながよくうちに遊び
にきていた。
　キキのお姉さんが、もうお嫁さんに行っているのに、
「離婚して、またお父さんのところへ帰ってきたいわ」な
んて血迷ったことを言うほど、お父さんはみんなに愛され
ていた。
　キキのおばあちゃんもよそで暮らしていたんだけれど、
お父さんといっしょに住みたいからって、いちばん上のお
じさんの家を出てうちにきてしまった。

　それにもうひとりの、お母さんのほうのおばあちゃんも
ときどきうちにきていたから、キキの家にはおばあちゃん
がふたりいたことがよくあった。このふたりのおばあちゃ
んたちはキキに、
「どっちのおばあちゃんが好き？」
　ってそれぞれに聞くもんだから、キキはほんとうにとま
どってしまったことがあった。
「どっちも好き！」
　って言いながら、どちらのプライドもきずつけないよう
に、なんとか上手にその場をホウホウと逃れたんだけれど
……。
　このもうひとりのおばあちゃんのことだけれどね。いつ
もキキに向かって、
「寂しい、寂しい……」
　って言っていたんだ。キキはまだほんとに小さな子ども
だったから、大きなおとなの人がどうしてそんなに寂しい
のか、わからなかったんだと思うよ。
　いつだか一度だけこのおばあちゃんのおうちに行ったこ
とがある。そうしたら誰もいないガラーンとした、とって
も大きなおうちの中に、とっても小さなお仏壇があったん
だ。その時キキは、どうしておばあちゃんが「寂しい」って
言っていたのかちょっとわかったような気がした。そして、
『このお仏壇の中のホトケさまって誰なんだろう。キキが
生まれる前に亡くなったおじいちゃんかなあ。でもあんま

りおばあちゃんのこと助けてくれてないなあ。ねえ、おじいちゃん、もうちょっとがんばってくれないかナー?』

　と感じたの覚えている。でもね、このおばあちゃんがすごーく年を取って、『老衰』っていう病気になってね、最後の日に、

「有り難うございました、有り難うございました。アア、アミダさまがお迎えにいらっした…」

　と言って亡くなったんだよ。

　キキはその時本当にびっくりして、あの小さなお仏壇の中のホトケさまって、[アミダサマ]という方だったんだ。そして天国からお迎えに来て下さった。やっぱりおばあちゃんのこと、守っていて下さったんだ。

　本当によかったなって思い直すことができたんだよ。

キツネの子

　戦争が終わってからキキは生まれたんだよ。そのころの日本はみんなとても貧しかった。でも誰もが一生懸命に力を合わせて、頑張って生きようとしていた。

　キキのおうちも同じだった。お父さんは、たった一枚もってた背広をお父さんの弟にあげちゃったことがある。そのおじさんは、はじめてカワサキ航空っていう会社に入る

ときに、新しい洋服が必要だったんだって。そう言ってお
じさんはずっと年を取ってからも亡くなったお父さんのこ
と思い出して、ポロポロと涙を流しながらキキに話してく
れたことがあった。

　お父さんは、
《痩蛙まけるな一茶是に有》
　の俳句の一茶さんそっくりに、いつも弱いものやかわい
そうなもののそばに立つ人だった。おすもうの番組では、
かならず、ホソホソ、チビチビ、ヨワヨワのおすもうさん
ばかり応援していたから、お父さんはいつも負け組だった。

　キキのお母さんが、お茶とお花を教えていて、そのお月
謝のことで、
「貧しい学生さんや、若いお勤めの人には、安くしてあげ
たらどう？」

　とお父さんがおっしゃったからと言って、お母さんは生
徒さんに心を運んでいた。そして少しでも生徒さんのお花
代がかからないようにって、おけいこ用にきれいなお花を
育てたり、秋にはすぐ裏の長良川の河原に、サヤサヤサヤ
と優雅にはえるススキの穂を集めに行ったりしていたのを
覚えている。

　そして、「こんなにいいお父さんはよそにはいないよ。
ほんとうに有り難いねえ」と言いながら、「お父さんのお
かげだよ」といつも喜んでいた。

お母さんは、キキがちっともお茶やお花が覚えられなくてもぜったいに怒らないで、「お茶は楽しく飲めばいいんだよ。そしてお花はいつも三種類のもので、三角ができるようにたててあげるの。これだけ覚えておけばいいから」って。

　そうして、いちばん簡単な初歩のお茶のお点前のお盆点てが、なんとかかんとかようやくできたキキをいつもほめてくれていた。

　お母さんは決して人の悪口を言わないで、美人で、いつも明るくておもしろい人だった。だからキキは自分でも、『どうしてこんな立派な人たちから、キキみたいなゆがんで、ヘソマガリの、ヘンテコリンで、ドーショーモナイのが生まれてきたんだろう……???』

　と思って、いつも後ろめたくて申し訳なくて、それでまた苦しくなっちゃったことがよくあった。でもこういうことって世の中によくあるということを、キキはおとなになってから知るようになるんだ。あんまり立派な親のもとでは、その子どもはドーショーモナイのがよくできちゃうんだって。

　あの『世界の光』とまで言われた大天才の、すごーいおボーさまの親鸞聖人にさえも、善鸞というドーショーモ

18

ナイ息子がいて、その息子は親子のつながりを切られてし
まう。キキのお父さんは、なんとか最後までもちこたえて
くれたけれどね。

　キキはそのために、普通の人より倍も苦しかったのかも
知れない。そういう親を超えられないという、劣等生の子
どもがもつ苦しみがあったのかも知れない。そんなドーシ
ョーモナイ自分がイヤでイヤで、情けなくて、たまらなく
て、キキは、

『アア、早くこの世から消えてしまいたい』

　と真剣に思うことがよくあったんだよ。こんなキキの心
って君どう思う？

　そしてね。ちょうどそのころのこと。やっぱりキキは普
通のまともな人間じゃあなかったってわかったのは。ちょ
っと見ると人間のように見えたけれど、ほんとはキツネの
子だったんだ。ホラ、よく『トンビがタカを生む』ってい
う表現があるけれど、キキのは『タカがキツネを生んだ』
のだった。

　それがわかったのはある日の午後、鉛色に重くくすんだ
霧がまたもやジワジワと、キキの心におおいかぶさって
こようとしたときのこと。どうしてかキキは神社の森の前に
立っていた。その神社は前にギンナンの実を拾いにきたと
ころ。その拾い集めたギンナンにかぶれて、キキの手と顔
が２倍くらいに腫れ上がってしまったところ。その神社の
入り口には石で作られたおキツネくんが、おごそかに、い

かにも誇らしげに、門番役をつとめていた。ちょっとためらったんだけれどとっさに、心の底をギローリと見抜かれるまえに、キキは大急ぎでシドロモドロに、

『ほ・んとうは・ね・ね、このあいだ、ギンナンの実を・ね、黙って・いただいちゃったんだ・けれど・ね……。ゴメン・ね？』

とつぶやいていた。そうしたらそのとき急に、大好きなイナリズシのようなおいしそうな匂いをふくんだ風が、シュルシュルシュルーって、キキの鼻をくすぐって走り去っていった。そして何かが耳の奥で響いたような気がした。その途端、そのおキツネくん、低い、でもおなかにドウドウドウって響くような声で、

『ギンナンの実なんてドウでもいいや。そんなにドウようするこたあねえよ。ドウせあんたとオイラはドウるいなんだから。って言うのはね、おんなじお釜のメシで、あげドウふのおイナリさんこしらえたってこと。ドウもあんたね、ドウでもいいけど、しあわせをつかむためにドウこう言わないで、ドウドウとして、《ドウ》（道）を探しにいきな』

って聞こえたような気がした。

キキはキツネ語をまだマスターしていなかったから、そのとき言われたことを完全には理解できなかったんだ。だからほんとうにそのキツネくんが言いたいことがわかったのは、キキがもっとずうっと後になってたくさんの経験を積んでからのことだった。

このキツネの門番くんに会ってひとつ不思議^{ふしぎ}なことができた。よくキキは、おなかがシクシクしてきて、とてもたまらないことがあったんだけれど、そのシクシクが始まったとき、『神さま、仏さま、お天ドウさま！』とお祈りすると、なんとなくスーッとそのシクシクが収まるように感じたんだ。

キキはお祈りするっていうこと自体正しいやり方なんて知らなかったから、それはまったくキキ流のお祈りの仕方だったんだけれども。

信心^{しんじん}の種

キキはまだほんとに幼い子どもだった。でも子どもなりにこの広い世界のどこかに、神さまや、仏さまや、天使のいらっしゃる、素晴^すらしい国があるということを固く信じていた。それっていうのはひょっとしたら、キキのおばあちゃんの影響^{えいきょう}があったのかも知れない。

おばあちゃんがまだ生きていたころ、毎日お仏壇^{ぶつだん}に向かって、

「ナンマンダブ、ナンマンダブ、ナーンマーンダーブッ……」

って唱えてたのを覚えている。それが、キキの心の中に

21

植えつけられた、初めての信心の種だったのかも知れない。キキはキツネの門番くんに会ってから、キキ流のお祈り法を見つけて、おなかが痛み始めると、そのお祈りをしてよくなるような気がしていた。だけれど心の奥にいつもドンヨリと深くただよってくる霧の方は、どうしても、どんなに素敵に逆立ちしても、どんなに上手にウデタテフセしてお祈りしても、なかなかすっきりと晴れてくれそうもなかった。

　一度だけ、ほんとうに一回きりだけだったんだけれど、その心の問題をおとなの人に打ち明けたことがあったんだ。なにか、すっごい解決策みたいなものを期待しつつ……。
　たとえばそのおとなの人が、虹色のマシュマロウを今ここでポケットの中から、「ホラッ！」と言いながら出してくれてキキの舌の上にのっけると、トロトロと溶け出して、またたくまに鉛色に濁って沈んでいた心を、淡いピンク色に変えちゃうとか。それともその人が、モーツァルトのマジックフルートみたいなのを、「ピーポッポーッ、ピーパッポー」と軽やかに吹き出すと、たちまちのうちに夜の女王さまのような深い、青紫色に沈んでいたキキの心に、天使のような銀色の羽がはえてくるとか。
　そしてキキはその羽で、黄金の日の光にみちみちた、ラベンダーの花いっぱいの国へと飛んで行けるとか。そんな淡い望みをもちながらネ。ところが、かえってきた返事は、

22

「そんなに深刻に、考えるもんじゃーないよ。ほら、もっと明るーい心もたなきゃあー」

　それはやーっぱり、まーったく普通の常識をもった、普通のおとなの人のお言葉だった。多分そういう返事がかえってくるんじゃないかなって、キキはウスウス感じてたと思う。心の奥の奥底で、ちょっとピクピク心配しながら。

『そんなことわかっているよー。そういう明るい心がもてないから苦しいのにー。やっぱり聞かなきゃーよかったー』

　でもそういうおとなを咎めちゃあいけないんだ。だってその人が子どもだったときは、キツネの子が、キツネ穴のことで、ツネに悩んでいるなんて、聞いたことも見たこともましてや想像したことなんかも、コンコンりんざいなかったんだろうからさ。ほんとうはキツネの子どもでも、一人前に悩んだり悲しんだりするっていうことがあるんだけれどなあ……。

　そしてキキはこのキツネの穴の話に関しては、もう二度とおとなの人には相談しないゾ、と固く心に決めたんだ。だっておとなって目で見えなきゃあ、どうしても物事が理解できないようになってるからさ。多分、想像力の足りない子どもがそのまま大きくなると、ほんとうに見えるものでも見えないおとなになっちゃうんだ。

　それは手でザワザワとさわってみてとか、数字でパチパ

チ計算してみて、「イヤー、このフェラーリの車って、手ざわり、最高ーっ！」とか、「ああ、そのダイヤの指輪、100万円するんだ。それならよくわかった、本物なんだ！」と言うおとなにね。

　キキは改めてそのことを確認して、それでまた、ますます悲しくなってしまった。ねえ、君だってそう思わない？

青い自転車

　キキは、子ども用のちょっとガタガタで、ペンキハゲハゲの青い自転車をこいでお散歩に行くのが好きだった。特に家の近くを流れる、すき通るように美しい長良川のほとりを、ギーコギーコと風を切ってこいで行くのが大好きだった。

　この川は夏になると、鮎という魚を捕まえるのがすごく上手な、鵜という名前のスーパーマエストロの鳥さんを使って、『鵜飼い』という伝統的な魚獲りをするので有名だった。その鵜飼のおかげでこの川は、日本でも一番にきれいな川として知られていた。

　川のほとりにそそり立つ金華山のてっぺんには、織田信長という、日本一くらいのすごーく強くて、ハイカラなお侍さんのお城があった。信長は、カブトの代わりにハッ

とするようなハットをかぶり、羽織の代わりにケープをハオリ、そのうえ血のお酒を飲むといわれていた。そのころ日本では誰もチらなかったワインを飲んでいたんだ。

　その信長の建てた岐阜城の天守閣に登って見渡すと、黄色い菜の花や、ピンク色のレンゲ草の畑が、切り紙細工かパッチワークのように遠く春がすみの中に、黄色に、ピンク色にと光り輝いて、キキの心がヒラヒラ舞い上がるほどの美しさだった。ちょうどエッフェル塔のてっぺんに登ったような気がしてキキは、

『長良川は小さなセーヌ川みたい。そして岐阜の町は小さなパリみたいだ！』

　なんてよく思っていた。

　この青い自転車に乗るたびに、どこかの不思議な知らない国へ行けるような気がして、ほんとうに真剣に、キキはその素敵な夢の国を探していたんだよ。

　その国には、心の底にいつもくすぶっていたあの暗いキツネ穴を、ドロンドロンとかき消してくれるやさしい忍者や、かわいい妖精たちが住んでいるはずなんだ。そしてごくたまーに偶然に素敵な道に出くわすと、その道がキキを、その妖精忍者の国へ導いていってくれるような気がしていた。それはあのキツネの門番くんに会ってからというもの、特にそう考えるようになってきていた。《ドウ》っていう道を探しにいきなって言ったあの門番くん……。

25

ある日のこと、キキはまた青い自転車を引っぱり出して
お散歩にいこうとしていた。そうしたら妹が、今日はいっ
しょに連れていってとせがんできた。いつもはひとりで出
かけていたんだけれど……、どうしようかな今日は……、
まあイイや、いっしょに連れていこうって、妹をうしろの
荷台（にだい）に乗っけてキキは走り出した。
　長良川のほとりは美しくキラキラと輝いていた。春もち
ょうど半ばで、キキの知らない野生のかわいいピンクの花
がいっぱい咲いて、モンシロチョウがヒラヒラと楽しそう
に、あちらこちらに舞いながら遊んでいた。お日さまも暖
かくやさしくほほえんでいるようだった。
　あの悲しくも美しい悲劇（ひげき）の歴史物語で知られた千本松原（せんぼんまつばら）
の堤防（ていぼう）を、スーイスーイとこぎながら少しいくと、キキは
まったく知らない道を見つけたんだ。大きな木が両側から
おおいかぶさっていて、ステキなアーチを作っていた。
　その道はとってもロマンチックで、不思議なゾクゾクと
するような魅力（みりょく）をかもし出していた。ああ、ひょっとした
らこの道がそうかも知れない……。この先にキキの願って
いたあの素敵な忍者の国がありそうな気がする……。
　キキは走り出した。ドンドン、ギーコギーコ、ドンドン、
ギーコギーコー、ドンドン…、ギーギーギー……???
　走って走って、まったく知らないところまで来てしまっ
ていた。オレンジ色のお日さまが、ちょっと西の方に傾い
てきていた。妹が心配そうに、

「ネエ、もうおうちに帰ろうよォー……」

　と言い始めた。キキもとっても心配になってきちゃったんだけど、道に迷ったなんて態度（たいど）を見せたら、妹が泣き出してしまうと思ったから、

「ウー、ウーン…、そうだねー。そうしようねー」

　とすっごく大丈夫そうな態度を見せながら、おうちへ帰る道を探しはじめていた。

『そういえば来るときは川にそって下って来たから、帰りは……反対に行けばいいのかも知れない……のかなあ???』

　長良川のほとりを散歩していたカップルのおとなの人とすれちがったときに、小さな青い自転車に乗った、小さなふたりの女の子を見て、

「マア、なんてかわいい子たち。きょうだいかなあ？」

　とほほえみながら聞かれたんだけど、キキはお返事することもできないほど心配だったんだ。キュンキュューーンと、のども胸もしめつけられていたのだった。小さな頭を使ってキキは一生懸命（いっしょうけんめい）に考えながら、こんどは川にそいながら川上の方へと、堤防の道を走り始めた。

　やっとこさおうちの屋根が見え始めたときは、キキも泣きそうになっていた。それはキキが小学校の３年生、妹は幼稚園（ようちえん）に通っていた、あるのどかな春の午後のことだった。

青い自転車

自殺の話
じ さつ

　かわいい子どもが、『ちょっとしたことで』自分の命を
絶ってしまうことがある。例えば先生にちょっと叱られた
から、お友だちにちょっといじめられたからって。それは
この世の中でいちばん悲しいことが起きちゃうんだけれど
も、絶対に『ちょっとしたこと』なんてないんだよ。
　その子はきっと長ーいこと、たったひとりでモンモンと
悩んでいたんだと思う。誰にも打ち明けられないでね。ホ
ラ、キキと同じように。その子はある日ついに決心して、
悲しみでいっぱいにふくらんだ胸をドキドキさせながら、
小さな心のはしっこを、大きなおとなの人に、ちょっとだ
け見せようとしたことがあったのかも知れない。そしてそ
れにたいする返事が、
「そんなことで悩むんじゃーないよ。君ネー、もっと明る
ーい心もたなきゃあ」
　なーんて……。ホラ、やっぱりキキのときと同じように
ね。

　フランス語の表現に、『一滴の水が、カメを溢れさせる』
というのがある。それは、心の中にたまりにたまっていた

30

悲しみに、たった一滴ほどのちっぽけな悲しみが足し算されることで、それがカメから、ドドーッと溢れてきちゃうってこと。ちょうど表面張力で今にも溢れそうなカメの水に一滴足すだけで、その水がドドドドーッと溢れてしまうように。心の中の津波のように。

　だからその子の先生や、いじめっ子が、ひとこと何気なく言った言葉でも、『ちょっとしたこと』でも、たった一滴足し算されるだけで悲しみが溢れ出ちゃうんだ。そして、その子のカメが割れちゃうんだ。その子の心のカメはもうずうっと前から少しずつ、一滴ずつ、ポツンポツンってたまりにたまっていたんだと思う。そして最後の一滴がたまたま先生だったり、いじめっ子だったりするだけなんだ。

　それはある日その子のお母さんに、
「また0点取ったのー？　なーんてダメな子だろうねー！恥ずかしいったらありゃーしなーい！」

　なんて叱られたときかも知れない。それとも大好きだったお友だちが、「じゃあね、もうこれでサヨナラだよ」と言いながら離れていっちゃったあとかも知れない。そのたった一滴が溢れ出ちゃう瞬間は……。

　これはキキが日本を離れてずっとあとに、フランスで起きたことなんだけれど。《パリマッチ》っていう雑誌で読んだ話なんだ。

　ベルギーの作家でフランス人にとても人気があって、よ

31

く読まれている探偵小説を書く、ジョルジュ・シムノンという人がいた。次々とベストセラーを出して、億万長者になって、スイスにお城のような家を建てた人なんだけれど。そのシムノンさんの娘のマリー＝ジョーが、ある日パリでピストルを使って自殺してしまった。

「また、マダムが訪ねて来た」

と彼女が言っていたという記事が載っていた。それを読んでキキは、「ああっ！」って、まるで自分のことのように胸が苦しくなっちゃったんだ。マリー＝ジョーが「マダム」と呼んだのは誰なんだろうって？　キキはとっさに、

『それって、ひょっとして《死に神》のことじゃないかなあ』

とピーンときたんだ。というのは死に神って、フランス語では女性形で表現されるから。だからマリー＝ジョーが「マダム」と呼んだのじゃないかなあ。マリー＝ジョーはとても美しくて、ファッションモデルか女優さんのような人だった。でもあの有り余るほどのお金も、ゴージャスなお城も、名誉も、美貌も、マリー＝ジョーを死に神から守ってあげることができなかった。

「マダム」がマリー＝ジョーに会いにきたその瞬間と、キキのあのキツネの墓穴がパックリと口をあけてきたときとが重なって、黒いヴェールのごとく、突然キキの心に冷たくおおいかぶさってきてしまった……。

　キキはいつかお釈迦さまが、自殺についてお話しされた本を読んだことがあった。

　ある娘さんが恋人に捨てられて、おなかの赤ちゃんといっしょに川に飛び込んで死のうとしていた。お釈迦さまはそれをご覧になって、その娘さんにお話をされた。それは牛さんのお話だった。インドには牛さんを大切にする習慣があって、牛さんのお話がとてもたくさんあった。

　『あるところに、大きな荷車を引いている牛がいた。その牛は毎日重い荷物を引かされて、こんなに辛い仕事をするために自分は生まれてきたのかと、情けない思いをしていた。そしてある日のこと。その牛は、「そうだ、この重い荷車がなくなってしまえば、自分はもっと楽になれるだろう」と考えて、大あばれにあばれて大きな岩に車をぶっつけて壊してしまった。それを見た牛の飼い主は、今度は絶対に壊れないようにと、荷車を木ではなくて重い頑丈な鉄で作らせた。牛は前よりも、なん十倍も重い車を引かなくてはならなくなってしまった。その苦しみは永遠に続いた』

　というお話だった。お釈迦さまは、

　「この牛の考えたおろかなことは、お前の考えているおろかなことと同じ。そして牛の引いている重い荷車は、お前の引きずっている体のことなんだよ」

　とおっしゃった。自殺して今の苦しみからのがれようとしたら、次の世には今の苦しみを100倍にもしたような、

もっともっと大きな苦しみが待っているんだよ、というお釈迦さまの教えだった。

　このことはずーっと後になって人が自殺したらどうなるのかって、その世界に触れてみて、もうすっかりたまげて、キキはまったくもって恐れおののいてしまった。ほんとうに、お釈迦さまのおっしゃったことを現実に体験して、身の毛もよだつような思いをしたんだ。だからキツネの全身の毛がよだって、キキはきっとチャウチャウ犬のように見えたかも知れない。そのときから自分の命を絶つことなんて、想像するだけでも怖くてできなくなってしまった。だって小さいときからキキは、

『こんなに悲しい毎日なら、一刻も早くこの世からいなくなった方が、どれだけ楽になるか知れない』

　と思っていたんだから。

　キキの子ども時代はこのように、普通のおとなの人がちょっと想像できない、まったく別の世界に住んでいたんだと思う。ひょっとしたらキキは人間恐怖症にかかって、ひきこもりみたいになって、《キツネ穴ごもり》で、ヨボヨボのババさまギツネになって、人生を終わっていたのかも知れない。

アートの世界

　そんな内気でひきこもり屋のキキにも、大好きなことがあった。小さいころから絵を描くことが好きだったんだ。そしてほんのちょっとみんなより上手だったと思う。

　幼稚園のときのお絵かきの時間に、クレヨンで、赤い花もようの着物をきたかわいい花嫁さんの絵を描いたことがあった。それも《つのかくし》っていう、まだそれをなんて呼ぶのか知らなかったけれど、その白いお帽子をかぶったお嫁さんがソロリソロリと歩いている絵を描いて、先生がビックリしたんだから。それは多分、おとなの人が「キツネの嫁入り」って呼ぶ場面だったかも知れない。

『将来はやっぱり画家になりたい』

　とキキはよく夢見ていた。そうしていつの日かベレー帽をかぶって、モンマルトルの丘に登って、パリの風景をスケッチしている自分の姿なんかを、ひそかに想像したりしていた。

　絵を描いているときだけは、深い湖のようなエメラルドグリーンの瞳をもった天使と、ふたりっきりでいるような気分になることができた。それは誰にもおじゃまされることのない、キキだけの、秘密の、とっても心休まるメルヘ

ンの世界だった。

　だからキキにとって絵や音楽なんかのアートの世界は、神さまや、仏さまや、天使や、すき通るような銀色の羽をもった妖精たちの住んでいる、虹色の夢の国みたいに思えていた。

『アートの世界に行けば、ひょっとしてあのキツネ穴からのがれられるかも知れない……』

　そして、

『妖精たちがキキに元気をくれるかも知れない……』

　と潜在意識が、ひそかに囁いていたんじゃあないだろうか。

クロード・ドブッチ

　アートの世界といっても、音楽の方はキキはちょっと音痴だったんだ。だから日本が大好きだって言った、フランセのクロード・ドビュッシーをとても尊敬していたけれど、彼のような偉大な音楽家になることは、もう絶望的で考えも及ばなかった。

　キキが小さいころは、ドビュッシーを、「ドブッチ」としか発音できなかった。でもそのドブッチが日本をこよなく愛した人で、仏像を部屋に飾っていたっていうだけで、

もうキキが尊敬する価値があったんだ。

　その音楽家が、ジャポニズムを、いちばん最初に取り入れた大作曲家だったなんていう知識は、まったく持ち合わせていなかったんだけれども。ただ単にそのドブッチが、キキと同じようなとても暗い性格の、内向的な音楽家だったってこと。それだけでもう十分にドブッチと心が通じ合うってキキは感じたんだ。

　ひょっとしたらこの音楽家は、キキと同じようにキツネの穴のことで悩んでいたのかも知れない。そしてそこからのがれるために、音楽の世界に入って行ったのかも知れない。そこで、銀色のすき通るような羽をもった天使と、お会いすることができたのかも知れない。

　ある日本の有名な評論家の人が、
「クロード・ドビュッシーの心の中には天使が住んでいる」
　とおっしゃったのを聞いて、
『やっぱり、キキの想像していた通りだ』
　とその評論家さんと同じ思いをもっていたことに、とてもうれしくなってしまった。そしてドブッチはキキと違って音痴じゃあなかったから、きっとあんなにすごい音楽家になれたんだ。

ファッションデザイナー

　やっぱり音楽には適していないと感じたキキは、『将来は画家になるんだ！』って決めたんだ。そして入学試験を受けた憧れの武蔵野美術大学は、なーんてこともない！いとも簡単にツルリンコロリーンとすべっちゃった！

　だからあのモンマルトルの丘のひそかな計画は、断念しなくちゃあならなくなってしまった。

　それでもキキのアートの世界への憧れは、こんなことで消え去るわけではなかった。だってね、その虹色のアートの世界や、メルヘンのような国は、

『必ずこの世のどこかにあるはずだ！』

　とキキはほんとうに固く信じていたんだから。

　それにそうなんだ。その国にはきっとあのうす暗くて悲しいキツネ穴なんか、

『どこを探してもありゃあしないんだ！』

　とも信じたかったから。だってこの問題はキキにとっては、

『生きるか、死ぬか！』

　というほどの重大問題だったんだから。

　でもそういうことって誰にもあると思わない？

　キキはあの美術大学の試験に落っこちたあと、色々と探したんだ。
『アートの世界だけれども、大学の入学試験なんてないところ』
　そして、
『モンマルトルじゃなくてもいいけれど、それにとってかわる魅力的なところ』
　そういった自分に合った世界を、キキは色々探してみたんだ。そしてやっとこさ見つけたんだ。
　将来は、『ファッションデザイナーになる！』って。
　そして、『パリに行くんだ！』って。

フランスへの夢

　キキはそう一旦決めたら、それしか頭の中になくなっちゃった。そしてすぐに行動に移したんだ。だってフランスはキキの大好きな音楽家、ドブッチの国だもの。そしてアートの国なんだもの。
　フランスはドブッチだけじゃなくて、日本をこよなく愛した天才的な画家のマネや、モネや、ドガや、ゴッホたち

の国なんだよ！　ゴッホが南フランスのアルルに住んだの
は、そこがまさしく日本そのままのイメージだったからなん
だって。
「ああ！　なんて美しいんだろう。まるで日本にいるみた
いだ！　ああ！　なんてしあわせなんだ！」
　と、果樹園に咲いたウメの花を、広重の描いたウメの浮
世絵そっくりに描きながら日本をウメみていたんだ。しあ
わせ薄き人生を送っていたゴッホの数少ない平和な日々だ
ったんだ。ゴッホにとっては日本がメルヘンの国そのもの
だったんだね。キキにとってフランスこそがウメの国であ
ったように。
　そして、そして、フランスはね、ああ、あのディオール
の、イヴ・サンローランの国なんだもの。
『東京の服装学院でデザインを勉強して、イラストレータ
ーになるんだ』
『そしてファッションの世界で働いて、パリに行くんだ！』
『そうしたらきっと、あのどす暗いキツネ穴が、キキの心
から消え去ってくれるだろうから！』

　ほんとうのこと言うと、キキははずーっと小さいころか
らフランスに憧れていたんだ。キキの子ども部屋の壁には
本棚がしつらえてあって、そこには世界童話全集がズラリ
と並んでいた。その中でキキがいちばんよく覚えているの
は、《ああ無情》っていうヴィクトール・ユーゴーさんの

書いた物語だった。フランス語で『レ・ミゼラブル』って
いうタイトルなんだけれど、みんなも多分知っているよね。

　キキはまだ小さくって、ユーゴーさんってどんな作家な
のか、ぜんぜん知識もなかったけれど、その本を読むたび
に、物語の舞台になった国というだけで、フランスに憧れ
ちゃったんだ。

　本からはタイトルそのままに『無情』で、『残酷』で、
『とても暗い』っていうイメージがかもし出されていたけ
れど、それと同時に、フランスという国がもっている『美
しくて強い』というイメージも、キキはそのときすでにお
ぼろげながらつかんでいた。

心の中のかっとう

　キキは小さいころからずーっと、電話もできない、知ら
ない人にはお話もできない、とってもシャイな、内気な子
だった。これはキキが中学生のときのお話。２番目に苦手
な英語のクラスで、（１番目は数学だった）先生にあてら
れて、

「FIND の過去形はなんですか？」

　と聞かれたときのこと。答えがわかっているのにうまく
言えなくて、まっ赤になって、ボロボロと大粒の涙が流れ

てきちゃったこと、今でも忘れられない。

　先生はといったら、とっても困ったお顔で何もおっしゃらなかった。というのは、ちょうどキキのお父さんが、この同じ中学校の教頭先生だったんだ。だから色んな先生や生徒に、キキはちょっと違う態度で扱われていた。キキの数学のテストの答えがヘンテコリンで、０点のはずなのに、丸をくれた先生まで出てきてしまった。あんなにイヤなことは、キキの今までの人生の中でもなかったと思っている。

　そしてクラスメートはといえば、暗い、寂しい顔をしたキキをなんとなく避けているようだった。そんなんだったから、クラスでもみんなとあまりおしゃべりもしないで、ひとりぽっちで色々なことを考えて、心の中にしまっておくタイプになっていた。

　キキのひとりぽっちはこうして果てしなく続いていった。でもそれは自分の中の辛くて悲しい心を外に見せたくないし、キツネ穴のことを知られたくないという、自分を守るためのごく自然な反応だったのかも知れない。だからキキが何かをしたいと思ったときは、ものすごーく大きな勇気を、おなかの底から引きずり出す必要があったんだ。ちょうどホラ、すごーく高い橋の上から目をつむって、下の川にビョヨヨヨーンと飛び込むときのような気持ち……。胸をドッキンドッキンとさせながら、

『もう、ナントカなれーーーっ!!!』っていうようなネ。

　キキにはそういうときがよくあったの覚えている。そんな内気なキツネの子がファッションの世界に入って、そしてパリにまで行けるんだろうかって？　それはもう行けるか行けないかの問題じゃあないよ！　それよりも、生きるか死ぬかっていう、キキにとっては絶体絶命の問題だったんだから！

『だからね、キキはね、ほんとうに、ほんとのヤクザさんのように、ここで腕をズーンと組んで、お尻をデーンと下ろして、居直っちまったんだゼーン！』

東京の服装学院へ

　こうして生まれて初めて、キキは自分の行く道を自分で決めたんだ。パリへ行くために。その密かな計画はね、普通のおとなの人には相談なんかしないよ。だって、またあのときのように、ホラ、あの薄暗いキツネの穴のことを相談したときのように、普通の返事しか返ってこないと思えたからさ。

『キミねーえ。そんなに遠くに行かなくても、日本で平凡な生活した方がずーっとしあわせになれると思うよ』

　なーんってね。

　ほんとうのことを言うと、キキは岐阜大学に受かってい

43

たんだ。そして将来は、多分ね、普通のまったく真面目そうな、チョッピリ才能ありそうな、すっごく心の広そうな、美術の先生になるはずだったんだ。

　でも、どうしてもパリへ行きたいという思いから抜け出せなくて、ついにキキはあの、たかーい橋の上から目をつむって、下の川にビョヨヨヨーンと飛び込んでしまった。お母さんがキキのシッポをつかんで引きとめようとするのを、むりやりふり切ってしまって……。

　そしてそれは、数え切れないほどのキキの親不孝のひとつになっていったと、今ではザンギ・ザンゲ・ロッコン・ザイショー（ゴメンナサイって仏さまにあやまる言葉）の思いでいる。

　こうしてキキのまったく新しい生活が、渋谷の文化服装学院から始まった。本当はね、絵を描くのが大好きだったから、ファッションイラストレーターになりたかったんだ。もちろんすぐには、そんなにスタイリッシュなイラストを描かせていただけるわけじゃあなかったんだけれど。

　最初はまず毎日、チクチク、チクチクと、運針といって、布地に針と糸で一列に手で縫っていく練習から始まった。１年たてば憧れのデザイン科にいけるんだ。デザインとイラストを勉強できるんだって毎日心の中で夢見ながら。

　でもキキはここで、厳しい現実と、面と向かい合わなくてはならなくなってしまった。それというのはキキの技

　術科のクラスには、縦横2メートル大のとてもでっかい鏡があって、生徒の全身が映し出されるようになっていた。その鏡の前で、今、縫いつつある洋服を色々な角度からチェックしたり、または先生が、仮縫いの仕方を実演して見せられるようになっていた。

　そうしてその大鏡の前に立ったとき、キキは、ガガーンと大きなショックを受けてしまった。自分の等身大の姿をマジマジと見ちゃったんだ！

　キキが小さかったころお隣のおばさんが、

「なんてかわいい子や。フランス人形みたいやねえ」

　なんて言って下さったこともあったのに。今や目の前に立っているのは、足といえば、練馬大根が2本ニョッキリニョッキリ！　顔といったら、ポンカンどころかボボンガガーン！　っていうほどの、ニキビでいっぱいのデコボコ丸顔！　そんなファッションの世界からは、ほど遠いイメージが映っていたのだった。

　心が体に表れるって言われるように、キキの長年の悲しみがたまりにたまって過食症になっていた。そして食べた物の運搬が上手にできなくて、ニキビだらけで、おなかがいつもシクシク痛かったんだ。それで子ギツネがまるで子ブタのようになっていた。

　食べることで自分の苦しい心を満足させよう、現実を忘れようとしてたんだ。甘いものやクリーミーなものなら何でも、「らっしゃーい！　らっしゃい！」って、もういく

45

ら食べてもまだ足りなかったんだもの。

　よく町を歩いていて、お店のショーウィンドーに映る自分の姿を横目で見ながら、

『あれは本当のキキじゃないんだ。きっとお店のガラスがゆがんでいるから、あんなにプルプルの子ブタに見えちゃうんだ。本当はあんなにブリブリ太ってるわけは絶対^{ぜったい}ないんだから。ねっ？　ねっ？』

　なんて、いつも自分で自分をなぐさめていた。でも技術科のクラスの鏡はとても正直で、キキの真実^{しんじつ}の姿を『マルっきり！』、『マルッマル！』と映し出していた。

リンゴダイエット

　その自分の本当のイメージにがくぜんとしてしまったキキは、一大決心してダイエットを始めた。それもリンゴダイエットというのを。色々試してみてこれだけが効^きき目があったから。

「リンゴ一日に一個食べて、ドクターいらず」

　とか、

「リンゴが赤くなると、ドクターが青くなる」

　なんてコトワザもあったし……。

　今では品種改良^{ひんしゅかいりょう}されたとっても美しく、香りもよくて、

ゴージャスな甘ーいリンゴが『ツンッ』ておすましして、高級なお顔を見せて、ズラリとお店に並んでいらっしゃる。でもキキが東京に住んでいたそのころは、紅玉というリンゴくらいしかなかった。それはまったく普通の、質素でひかえ目な赤玉リンゴだった。

『なんの取りえもないリンゴー。それでも手に取りゃ、いいリンゴー。やっぱりそれはーかわいやリーンーゴー……』

　それがダイエットにバッチリ適していた。

『アーン、ガッ！』とガッブリつくととっても酸味が利いていて、そして甘過ぎなくてさっぱりとおいしくってね。それもザル大盛りで12個くらいあって、ひと山100円だった。

　毎日の主食がリンゴ。サンドイッチは、リンゴの間にリンゴをサンドで、またリンゴ。オヤ食も、オヤオヤこれまたリンゴ。夢の中でも、リンゴの山の上でリンゴをゴリンゴリンと食べていた。

　でもときには、たまりにたまったウップンばらしに、大形のストロベリーショートケーキとか、ビル3階建てくらいあるホイップクリームののったチョコレートパフェなんかには、ついにヨロヨロヨロっと誘惑に負けて心を許してしまった。

　チョコレートムースの海ではチョコチョコおぼれかけて、ムースこしでもとの子ブタに戻りかけたことも、チョコっ

47

とはあったけれど……。

　この紅玉リンゴのおかげで、少しずつ、本当にゆっくりゆっくりと、キキはまたもとのようなスタイルを取り戻しつつあった。そして1年たって憧れのデザイン科に入った年のこと。主任の先生から、
「あなた、きょうモデルさんになって下さい」
　と言われたことがあった。それは、フランスのクチュリエ（高級服飾店のデザイナー）から届いたばかりの最先端のドレスのショーのために、キキが、やっとこさ何とかもとのスタイルに戻れて、ファッションモデル役を務めることができたのだった。

仙人の先生

　キキが夢見ていたデザイン科のクラスには、日本のトップレベルの先生たちがズラリと並んでいらした。なかには本を書いている先生や、有名な大学の教授などがキキの学校に来られたから、キキの落っこちた美術大学と、同じレベルの授業を受けることができたんだ。
　特に印象に残っているのは、東京芸術大学の名誉教授・西田正秋先生。芸大では仙人と呼ばれていて、ほんと

うに雲の上で大グマザや小グマザのお星さまとともに、または山の中で大グマさんや小グマさんたちといっしょに、ホラ穴なんかに住んでいてもおかしくない雰囲気がただよっていた。

　先生は芸術大学に寝泊りされて研究を続けていらっしゃった。生涯を芸術のためにささげられた方だったんだ。ちょうどヘンクツボーズが、ヘンにヒゲも髪の毛もモジャモジャ、ボーズボーズにしながら、草であんだ質素な庵に住みついて坐禅をしながら、この世での生きる意味や、み仏のみ心を生涯探し求めているような……。そういう変わった一途な人を仙人と呼ぶんだとキキは思っていた。だから先生のことはやっぱり間違いなく、ほんとうの仙人に違いないとキキは思っていた。

　この仙人先生の講義は、人体美学っていう難しいタイトルのものだった。難しいタイトルなのに、授業の中身は、とってもやさしくって面白くてその上にハイレベル。この先生のユーモラスな講義に、キキはすっかり魅せられてしまっていた。でもこの先生の笑ったお顔を、キキは一度も見たことはなかった。やっぱり仙人なんだ。愛用のシガレットパイプに、ゆっくり、ゆーっくりと火をつけたあと、青白い煙をプフワーっと、いかにも満足気に天井に向かって吹き出したあとで、先生が怒って見せる表現に、

「そんなものゲバボーだぞオーッ！」

　というのがあった。そう言いながらあの独特の、ぶ厚い

メガネの奥のお目玉をグルリングルリンとひんむいた、大マジメなお顔はいまだに忘れられない。

　その当時の大学生たちは、デモのときに鉄のパイプのかわりに、ゲバボーっていう長ーい木の棒をもって機動隊（きどうたい）とケンカしていた。こうしてキキは、ゲバ仙人の講義を一日たりとも休んだことはなかった。学院を卒業（そつぎょう）した後も、先生の特別講義が開かれることを、キツネの敏感な鼻でクンクンかぎつけた。そして岐阜（ぎふ）から新幹線（しんかんせん）で文化女子大学（ぶんかじょしだいがく）の講堂まで、コンコン、コンキよく通って来ることになったのだった。

　仙人先生がお亡くなりになった後も、お弟子（でし）さんたちがみんなで力を合わせて、先生のノート120冊分を、《人体美学・上》として出版された。その後キキは外国に住むようになっていくんだけれども、その1冊をこんな劣等生（れっとうせい）のキキにも、ハルバルとお手紙入りで日本から送って下さった。あのときは、日本人の持っているデリケートな心、人を思いやるという美しい心を改めて感じて、ああ日本人でよかったナーと思えた瞬間（しゅんかん）だった。長い外国生活からながめてみてもこのようなことは、ほかの国では見ることはなかった。

　キキは夢にまで見た武蔵野美術大学（むさしのびじゅつだいがく）に、ツルリーンコロリーンと落っこちてしまってこの服装学院（ふくそうがくいん）に来たのだっ

た。でも今にして思うと、ここでは美術大学と同じ、もしくはそれ以上におもしろい勉強ができたんだ。だからあのとき落っこちててかえってよかったのかも知れないと思っている。ほんとに！　これはやせがまんで言ってるんじゃあないんだよ！　だってね、もしパンツのお尻が破けたら、キキはパン・ツー・スリーって言ってる間に、そんなの上手に繕ってしまうことができるんだからねー！

ファッションイラストコンクール

　渋谷の服装学院での生活はとても刺激のある、内容豊かな毎日だった。その当時はちょうどこの学院を出たケンゾー・タカダさんが、パリで第一歩を踏み出して、自分のお店の看板を自分で手塗りしている時代だった。そして同じく卒業生の、今ではパリのトップデザイナーになっているヨージ・ヤマモトさんが、日本で活躍し始めていらした。
　ある日ヤマモトさんがデザイン科を訪ねて来てキキに、「これどう思う？」と言いながら、とっても素敵なデザイン画を見せて下さったこともあった。ケンゾーさんもヤマモトさんも、キキと同じファッションスクールを出られたんだけれど、国際人として素晴らしい成功をおさめられた。
　日本人として、キキたちの先輩として、とても尊敬して

51

いる。外国で仕事をして自分の夢をかなえていくことの難しさをキキはよく知っている。それは精神的な強さがなければ、心が押しつぶされちゃってとても成しとげることはできないんだ。

　このように世界的に大成功した人の中には、たくさんの仏教徒がいるということをキキは次第に知るようになっていく。例えばアップルのスティーブ・ジョブズさんは、日本の禅宗のお寺で結婚式をあげられている。そしてフェイスブックのマーク・ザッカーバーグさん、あるいは映画スターのリチャード・ギアさん、そしてシンガーソングライターのレナード・コーエンさんなどなど……。

　仏教徒でなくてもファッショナブルで、すごい卒業生たちをいっぱい出してきたデザイン科には、やっぱり才能のあるデザイナーが毎日ピヨピヨピヨピヨと生まれていた。みんなそれぞれにどこからか目新しいアイデアを探してきて、われこそ、われ先にと、プロのファッション界に飛び込もうとしていた。でもキキときたら、そういうワレ先にとつっ走ることができなくて、いつも一歩遅れで、ノロノロ、マゴマゴと、あまり映えない、育たないナマムギ・ノロマゴ・ナマタマゴだった。
　そんな映えないデザイナーのナマタマゴにもひとつだけ取柄があった。ある日学院の中でファッションイラストコ

52

ンクールというのがあって、キキの2枚のイラストがグラン
プリに選ばれた。賞品は、ハイクオリティのプラスチッ
クでできたモスグリーン色のアタッチケースの中に、ズラ
リとならんだアクリル絵の具一式。そのころちょうど日本
で発売され始めたばかりのアメリカのリキテックス社の水
性アクリル絵の具だった。

　いつもノロマのマゴマゴ・ナマタマゴが初めて誰<ruby>誰<rt>だれ</rt></ruby>よりも
先に、最新の絵の具を使うことができたのは、後にも先に
もこのときだけだった。

　このアクリル絵の具はズーッと後になって、カナダでの
タペストリーの制作に大きな貢献<ruby>貢献<rt>こうけん</rt></ruby>をすることになるんだけ
れども、そんなことはそのときのキキにはとても想像<ruby>想像<rt>そうぞう</rt></ruby>も及<ruby>及<rt>およ</rt></ruby>
ばないことだった。

宗教<ruby>宗教<rt>しゅうきょう</rt></ruby>と出会う

　ところが、毎日の刺激<ruby>刺激<rt>しげき</rt></ruby>が大きければ大きいほど、にぎや
かな学校を離れたとたんに、キキの心はまたシンシンシン
シンと、真夜中の空のようなダークブルーの色に沈んでく
るのだった。

　特に東京のような大都会でお隣<ruby>隣<rt>となり</rt></ruby>のアパートの人の名前も
知らないで暮らすのは、とても寂<ruby>寂<rt>さび</rt></ruby>しくてまた切ないものだ

った。大都会の孤独というものはひとりぽっちの心を容赦なくブルドーザーで、グシャグシャに押しつぶすほどのパワーがあるものだとキキはヒシヒシと感じていた。

　あのキツネのドウほうが耳にそっと囁いたように、キキはその後ずーっと、《ドウ》を探してきた。そのドウっていう道はどこにあるんだろうって。ドウしたら見つかるんだろうって。ドウにかしなきゃっても、ドウしても見つからなくって、ここ東京までやって来たんだドウ！　ドウにかしなきゃホンドウに、キキはドウかなっちゃうんだドウ……。

　ある晴れた日曜日、青空いっぱいにニコニコと暖かく微笑むお日さまとは裏腹に、キキの心はまたもやジンジンジーンと、むなしく深い闇に沈み始めていた。あまりの寂しさに耐えかねて、キキはアパートのすぐ近くにあった、メグロのキリスト教会のドアーをノックしていた。もしかしてそこにずっと探してきた、その《ドウ》があるかも知れないって思いを抱きながら。

　初めてお会いした牧師さまは、こんなに清らかで親切な人が人間の世界に残っていたのかと思えるほどの方だった。この牧師さまは大切なご自分の聖書をキキに手渡して下さった。その聖書には、何年、何月、何日に洗礼を受けた、などのメモがあって、ご自分の一番最初の聖書だったことがうかがわれた。そしてこの聖書は、キキの生涯の大切な

宝となっていく。

　でもキキは、親切にされればされるほど悲しみが溢れてきてしまった。そしてまたボロボロボロボロと大粒の涙が流れてきて、ほんとうに困ってしまった。だってキリスト教の教えは、『すべてが神のみ心によるもの』ということだったから。そうしたらキキの、内気でフニャフニャなひ弱い心も、あのジンジンとうす暗いキツネの墓穴も、そしてその穴があくたびに感じるキキのおなかのシクシクシクシクっていう痛みも、じゃあ神さまが決めたんだって？キキがあんなにボロボロと泣いたのは、だってキキはそういうのを変えたかったから。すべて神さまの決められたことだったら、もうフニャフニャも、ジンジンも、シクシクも、変えられないんだって思ったから。ねえ、そうでしょ？

　でもその『神のみ心』っていうのは、子ギツネの小さな脳ミソにはとても入り切らないような、もっとずーっと深くて、広くて、大きな意味が込められていたのかも知れないなあ。教会に行くたびに、キキの目からボロボロと涙が溢れてきちゃうものだから、行くのをためらい始めていたんだ。そうしたらしばらくして今度はお友だちが仏教の会に誘ってくれた。キキはもちろんいっしょについて行ったんだよ。あのキツネの門番くんの言っていた《ドウ》を見つけるためにね。

仏教は、今から2600年前にインドにお生まれになったお釈迦さまという方が、この世の最高のお悟りを得られて、それをみんなに伝えてあげようとされた教えなんだ。そのお悟りというのは、苦しいことや悲しいことが多いこの世の中で、本当のしあわせになるためにはどうしたらいいかがわかったんだ。

　そういうことがわかった人を仏とか、目覚めた人といって、インドの言葉でブッダって言うんだ。仏さまとは死んだ人のことじゃあないんだ。キキが、興味シンシン、イソイソとやってきたお集まりの仏教は、とても新しい教えだった。『ホケキョー』という、ウグイスの鳴き声のようなお経を読む教えだった。それは日蓮上人という、ものすごーい天才的なお坊さまが残された仏教だった。キキはたくさんのお友だちができて、寂しい心がいやされて、１年の間一生懸命に勉強した。そして１年たってみて感じたことは、

『キキの心は１年前とまったく同じように、冷たい青紫色の夜の女王さまに支配されていた』

　そしてもっと悲しいことには、

「この教えこそ最高なもの。それ以外はすべて間違った教え！」

　と言われたから、キキの尊敬するあの国宝の奈良の大仏さまや、エレガントでおやさしそうで、大好きな京都の弥

勒菩薩さままでゆがんで見えてきちゃった。

　キキはもっと心を成長させて、しあわせへの道を探そうとしていたのに、自分の目がちょっとゆがんで心がせまくなったように感じ始めた。だからこの『ホーホケキョー』のお勉強はここらでちょっとひと休み、ということにしたのだった。

やっぱりパリへ

　卒業も間近にせまり、クラスメートたちはみんなワクワクセカセカと、それぞれの違った道を、それぞれに夢見ながら巣立っていこうとしていた。

　そんなある日、キキが尊敬していたイラストの先生から、

「キミね、僕の後継ぎになってくれないかなあ？」

と誘われた。とてももの柔らかで、ハンサムで、上品で、大好きな先生だったからヨロヨロヨロっと後ろ髪のシッポを引かれそうだったけれど、キキにはあの誰にも言えない秘密の計画が、まだ心の奥に火種のようにブスブスとくすぶっていた。

『やっパリパリに行きたい。どうしても行きたい……』

　ていねいにお断りして、ほかのクラスメートのように、キキはこの思い出いっぱいのなつかしい、丸い校舎を後に

したのだった。

　生まれ故郷の岐阜に戻って、服装学院のデザイン科の先生とか、紡績会社のデザイナーとして働きながら、キキはパリ行きのチャンスを待っていた。そしてついにある日のこと。キキの計画を知ったファッション・ラボという、東京のファッション情報会社がスポンサーになってキキの夢がかなうことになった。

　そこでキキは晴れて、ファッション・ジャーナリストとしてパリに飛び立ったんだ！　そのころ世界で一番安かったソ連のアエロフロートという飛行機に乗って。

　飛行機の中では、抱きしめられたら窒息死しそうな巨乳のオバサン客室乗務員が、「ノー・スモーキング！　ノー・スモオッキング！」と怖い顔でにらみつけながら通り過ぎて行った。

　オルリー空港に近づいて空から見下ろしたパリの町は、ちょうど夜もふけはじめ、キラキラと輝く星空が地上に落っこちたかのように見えて、ほんとうに素晴らしかった。

　その数え切れないほどの星がちりばめられた、地上の銀河に吸い込まれるように、キキの乗った飛行機はゆっくりゆっくりと下りていった。

ヘンテコリンなフランス人たち

　パリはほんとうに美しかった。何もかもがキキに微笑み
かけていた。メトロの駅にかかっているちょっとゆがんだ
ゴミバコまでが素敵に見えた。キキにとってパリの町はア
バタもエクボになっていた。

　ここはなんてフランス人の多い町なんだろう、とキキは
つくづく感心していた。そしてアリアンス・フランセーズ
でフランス語を勉強しながら、イソイソテクテクと、毎日
パリの町を歩き回ってファッションの情報を集めているキ
キがいた。あんまり歩いたもんだから、日本から持ってい
った素敵なミニブーツのかかとのヘリが、ヘリヘリに減っ
てしまったほどだった。

　新しい靴が一足必要になって、モンパルナスのショッピ
ングセンターを訪れたキキは、その中の一軒の靴屋さんで
足を止めた。ちょうどそこではバーゲンをやっていた。ヒ
ールが素敵でお値段も手ごろな、気に入った靴がすぐに見
つかった。試しにはいてみてピッタリのように思えたから、
もうそれを買うつもりでお金を払ったんだ。でも払ったあ
とでなんとなく気になって靴の裏を見てみたら、右と左が

サイズ、《37.5》と、《38.0》（日本の24.0と24.5センチ）と
サイズ違いの靴だった。店員さんにそれを見せたところ、
「もうお金払ったでしょう。ノンだよ！」
　と言って知らぬお顔していらっしゃる。キキはまったく
もってタマゲてしまったのなんのって！　とっても信じら
れなくて、
「この靴換えてちょうだい！」
　って言っても、
『なに、このゴロツキは！』
　というような目でジロリとにらまれて、あとは完全に無
視されてしまった。毎日、何を買うにも気をつけて、日本
から送ってもらうお金を大切に大切に使っていたキキは、
お父さんのお金を守らなければという気になってきた。
「靴換えて！」と言っても、「ノン！」
「店長さんに会わせて！」と言っても、「ノン！」
　まだキキのフランス語なんて幼稚園のレベルだったから、
なおさらのこと、『ヘラヘラヘラ』って軽蔑のマナコで見
られてしまった。その上に、
「だから外国人はキライだって言ってるのにィーーッ！」
　なんて、訳のわからない侮辱の言葉を吐かれてしまった
んだ。もうどうしようもなくてボロボロと大粒の涙が流れ
てきてしまった。そしたらその店員さん、
「じゃあね、かわりの靴を取り寄せるから、あしたまたお
いで」

　そこでそのあした戻ったところ、渡されたのはまたしてもサイズ違いのきのうの靴だった。なにか坂道をゴロリンゴロリンと、ゴロガリン落ちて行くような気分になってきてしまった。

　キキは自分ながら、

『こんなにやさしくって、内気で、シャイなキツネはおらんぞや』

　と思っていたけれど、もう頭にズッキンズッキンと血がのぼってきてしまって、何がなんだか訳もわからず必死に大声で叫んでいた。

「ジャあ、コレ、から、ポリスの、トコロに、ウッタエに、イッて、クル、から、ネ！」って。

　涙声の、カタコトの、ヘタクソで、ズンベラボーなフランス語で、精一杯にそのマフィアの靴屋をビビらせてみたところ、やっとのことで、

「それでは、3日後に来てちょうだい。今度はほんとに取り寄せておくから」

　その3日後に、キキはついに両方同じサイズの靴を手に入れたのだった。まったくもって、普通のまともな靴を一足買うのに、なんというエネルギーの浪費をしなくてはならなかったのだろうか！　アーア、これが日本だったら、

「お客さまのためなら、エーンヤコーラ！」って、1キロ先にある別のお店まで走っていって、大汗かいて靴を探してきてくれたほどの、とても親切な店員さんがいたんだけ

れどなあ……。

『所変われば品変わる』と言われるように、品だけではなく、日本とフランスのモラルの違いをマザマザと見せつけられた一件だった。

　また、ある日のこと。スタジオ・ベルソーというスタイリストの学校に行き始めて、縫い物をする必要が出てきた。フランス式の指ぬきは日本のとはぜんぜん違ったタイプで、中指の頭にチョコンとはめる、メタルやセラミックで作られたかわいいお帽子のようになっていた。

　そのお帽子をかぶせた中指で、針のお尻をグイグイと押して縫っていくんだけれど、キキはそれが使えなくって日本式のリングタイプのが必要になったんだ。ギャルリ・ラファイエットというデパートに行って探したら、

『あー、あったあった！　日本式の指ぬきが！　あーよかった！』

　もううれしくって、感激して、すぐにそれを買って帰ってきた。そしてその指ぬきを使おうとしたんだけれど、あまりのうれしさによく確かめなかったのか、その指ぬきがちょっと小さ過ぎて指が、

「イッタタタッ、イターイ！」

　次の日、大きいのに交換してもらおうとまたデパートに行ったところ、きのうと同じお店番のオバサンだった。

『ああ、よかった。きっとキキのこと覚えてて下さるだろ

う』

　さっそく、交換したいって話したところ、

「ノン！」

　でもオバサン、これ小さ過ぎるから、もうちょっと大きいのに変えてもらうだけなんだけどなあ。ホラ、ここにいっぱいあるじゃないのっていくら説明しても、相変わらずこのオバサン、とんがった鼻の穴から冷たいハナイキをブイブイ吹き出しながら、

「ノン！」と、

「ブイブイッ！」のくり返し。

　たった４フラン（80円）のことでキキはほんとうに困ってしまって、小さ過ぎる指ぬきを握ったまま、どうしようか、こうしようか、そうしようか、ああしようかってドギマギマゴマゴしていた。そうしたら、キキの横で一部始終話を聞いていた若い女のお客さまが、オバサンにも聞こえる声で、

「勝手に自分で交換して、持っていけばいいんじゃないのー！」

　と当たり前のように言われたんだ！

　キキは、前にあのマフィアの靴屋のお店で、『つよーい態度（たいど）を見せなければ！』ということをしっかりと学んでいたから、ブイブイオバサンの前でドウドウと自分に合った指ぬきを選んで、それをヒラヒラ見せつけながらその場を離れていった。そのオバサン、何も言わないで、『フン

ッ！』、『ブイッ！』って知らんぷりしてたけどね。

　もしこれが日本だったら、

「マアーッ、お客さまー。どーぞ、どーぞ。ごじゆーにお替えくださって、けっこーでざーますよ。マアーッ、どーんなお仕事してらっしゃーますの？　アッララーッ、なーんておもしろーござーますざんすことーっ！」

　なーんて、おやさしーい店員さんと、指ぬきのことだけじゃーなくて、おうちで飼ってーる、カーメさんや、デメキーンさんや、ヤーモリさんやイーモリさんの話にまで、おしゃべりが発展することなーんかあるんだけどなー……。

　こうしてキキは靴と指ぬきの経験から、フランス人のちょっとヘンテコリンな性格を発見したんだ。日本ではとっても考えられないような不可解（ふかかい）な態度（たいど）をとる人たちのことを。

　パリで生活をし始めてから、キキはこうしたパリジャンやパリジェンヌのびっくりするほど冷たい振る舞いに、あの靴と指ぬき以来何度もめぐり会うことがあった。その中のひとつに、ここでは、《ラ・ダーム・ア・ラ・リコルヌ（貴婦人と一角獣）》のタペストリーで有名な、パリのクリュニー美術館で偶然（ぐうぜん）にお会いした日本女性のお話。

　京都に日仏協会を作りたいと研究にいらした、お上品な奥さまなんだけど、この方はこちらで買ったケイタイ電話がおかしくなって、次の日そのお店に交換してもらうため

64

に持っていったんだって。

「ボンジュール、ムッシュー。あのーでござーますが、ワタクシ、日本に、なーんどもかけようといたしましても、うまーくいかなーいのでござーますざんすの……」すると、

「あーあ、なんちゅーこっちゃ。テメーが、ゴチャゴチャいじりすぎやがって、バラしてしまったんでねえかヨオ！もうダメでえ、こいつア！」

　とヘンテコリンな、ヘンチクリンな、ヘンクツオヤジが、ブツブツとヘンなすてぜりふ。それでそのまま、ヘンッ！と無視されて、ヘンぴんも、ヘンきんもなしで終わり。そのあとはヘンジもなし。ホラ、やっぱり、キキのマフィアの靴屋と、ブイブイオバサンのときのようにね。

　この奥さまはキキと違って、とってもお上品で控え目なお方だったんだ、きっと。だからキキみたいに心の中でブルブル震えながらも、マフィアを脅してビビらせることなんか決しておできにならなかったんだと思う。その奥さまはしばらくして日本にお帰りになってしまった。

日本人だけがかかる病気

　日本人がパリを訪れると、よくかかる病気がある。そしてそれは不思議なことに、日本人しかかからない病気なん

だ。サンドローム・ド・パリ（パリ症候群）という医学的な名前までついていて、ウィキペディアにも載っている本当の病気なんだよ。

　特に日本の若い女の人がかかっちゃうんだけれど……。

　その病気っていうのは、パリに来れば素敵なファッションや、ゴージャスな建物、ハイクラスのフレンチ・レストランや、エレガントなフランス人たちでパリの町が溢れているなんて夢見てきて、そのギャップの大きさにカルチャーショックを受けておかしくなっちゃう、心の病気のことなんだ。

　特にフランス人の冷たい態度にビックリしたり、犬のフンでおおわれた不潔なパリの大通りで、これはフンだとフンべつしても、フンづけちゃって、フンとうしても、フンばっても、ヨロケて、ついにはヒックリかえってフンだらけになれば、ピンク色の夢がさめちゃうんだ。

　キキが経験したようなのはまったくの序の口。あまりのショックでサント・アンヌ精神病院に入った日本人も何人かいるって聞いてるよ。ホントの話なんだよ、これは。

　落語じゃあないんだよ。

66

コート・ダジュールへ

そういう、一見冷たい心をもった不可解なフランス人の間で、キキは一生懸命にファッション情報を集めたり、イラストを描いたり、記事を書いたりしていた。そしてサンプルを手に入れて日本の会社に送ったり、その間に学校に行ったりと結構忙しい日々を過ごしていた。

ある日のこと、ファッション・ラボ社の新しい企画ができて、コート・ダジュールというブランドのために、南フランスへ取材に行くことになった。そしてこの取材がきっかけでキキは、トゥーレット・シュル・ルーという村にある、赤いレンガの屋根の、かわいいおうちに住むことになった。

ルノワールの油絵に描かれたような美しいこの村は、中世時代にできたといわれ、海抜400メートルの高台にあった。ニースやカンヌの町にも近く、オレンジの花がさわやかに咲きにおい、オリーブの木がいたるところに見られた。晴れた日には外に出ると、遠くに地中海の銀色に輝く青い海を臨むこともできた。近くのグラースという村で作ら

れる香水やオードトワレ、オーデコロンのもとになるかわ
いいスミレの花の栽培でもよく知られた村だった。

　南国特有の美しい鮮やかな紫や、マゼンタ色に咲くブー
ゲンビリアの花でおおわれたこのチャーミングなおうちの
大家さんは、モンキーのモモさんだった。日本にも行った
ことのある日本大好きなモンキーオジサンで、独学で日本
語を勉強していらしたからキキを大歓迎してくれた。
　モモは日本語が習えるし、キキはフランス語が上達する
しとふたりともお互いに大喜びしたんだ。モモは絵描きさ
んだった。初めてお会いしたとき、モモは片言の日本語を
使ってとっても誇(ほこ)らしげに、また力づよーく、
「ワタクシは、トッテモ、『へ』をかくのがスキでーす！」
　と、おっしゃったもんだから、「へーッ？」ってキキは
まったくもってびっくり仰天してしまった。
『フランス人っていうのは、冷たいのかと思ったら、反対
に温かいオナラをするのが大好きなのかなあ……？』

　後でわかったんだけれど、フランス人の特徴で、話すと
きはアルファベットの「H」が発音できないんだって。だ
から日本語の『はひふへほ』が言えなくて、『あいうえお』
になっちゃうんだ。『ホンダ』が『オンダ』になるし、『ヤ
マハ』が『ヤマア』になって、『ハマグリ』が『アマグリ』
になってしまう。モモはそれで混乱しちゃって、『え』を

描くのが好きって言いたいところを、『ヘ』をかくのが大好きっていうことになっちゃったんだ。

　それでキキはやっとこさ心がヘーワを取り戻し、ヘーキになって、ヘージョーな態度になれたのだった。

初めての作品展

　キキがファッションデザイナーだということを知った途端に、モモは『いっしょに個展をしましょう。』というアイデアを出してきた。モモの描いた『ヘ』ではなくて『え』を、キキが布で表現する。こうしてパノー・デコラチフと呼ばれる壁掛けアートを作って、ふたりで作品展をすることになった。

　このパノーの作品展は、村役場にもなっているトゥーレット・シュル・ルー村の、チャーミングでエレガントな中世のお城の中で開催された。このイベントは大きな反響を呼んだ。最初の日のベルニサージュ（オープニング・パーティー）には、たくさんの人が訪れた。その中で、カンヌのヨットハーバーのすぐ前の、エレガントなレジデンスに住む大金持ちのオランダ人の奥さまが、キキの作品の前で釘付けになってしまった。そして、

「誰もこのパネルに触らないで！　ノータッチ、プリーズ！」

　と言って早速買い求めて下さった。その作品というのは、縦1メートル×横80センチの大きさのパネルで、《花嫁のドレス》とタイトルを付けた。それはヌードの女の子が、鏡の前でウェディングドレスを試している後ろ姿をパッチワークしたものだった。鏡の中にチョロリンと、その子のかわいいパイパイが映って見えるようになった、ちょっとセクシーなものだったんだけれど、それがフランス人にとても受けたんだ。

　そのあくる日は、パリに高級なプレタポルテ（既製服）のお店をもつジャニーヌさんが会場を訪ねてきた。そしてキキの作品を見たあとで、

「あなたのような才能のあるアーチストが、こんな田舎に埋もれているのはもったいない」とおっしゃって、パリのお店で働けるように招待して下さったのだ。キキもちょうどそのころ、そろそろパリに戻った方がいいかなあ、と思い始めていたところだった。

フランスに住むのはあぶないの？

　この村に住み始めてから、日本の女の子がひとりでフラ

ンスに住むことの難しさを改めて経験することがあった。

　ある日のこと。前にカンヌのホテルのパーティーで出会った日本人の女の子から、電話がかかってきた。

「あのー……実はわたし……、妊娠しているんですけど……。このこと……、どうしたら……いいかって思って……」

　たった一度会っただけの、それも名前も知らないほどの人だったから、一瞬オドオドと戸惑ったけれど、ちょっと考えてこちらからかけ直すということで電話を切った。

　キキはそのときまだ、この国の法律もよく知らなかったし、フランスで自分の生活を築いて行くのに精一杯で、どう考えていいのか、ひとりではわからなかったんだ。とても重要なことだったからモンキー・モモに相談した。

「それなら、市の養護係に任せれば？」

　やっぱりフランス人は冷たくて、合理的で、はっきりしている。日本人のように、ギリや人情にギリギリホダホダとホダされることはないんだ。ということは多分、堕ろすか、生まれたらその子は、誰かにもらわれていってしまうということになるらしかった。

　とてもきれいな女の子だったから、半分日本人で、半分フランス人の、さぞかしかわいい赤ちゃんが生まれるだろうにと思ったけれど、モモの言われたことをお伝えした。

誰一人頼れる人がいなくて、たった一度会っただけのどこかの見知らぬ、馬の骨か、キツネのシッポのようなキキに電話をしてくるほどだったから、この女の子はさぞや心細く辛かったのだろうと思って、ジンジンジーンと胸が沈んでいってしまった。

　だってひょっとして、キキもこの子と同じ運命に遭っていたかも知れないんだもの……。でも今思うことは、キキの脳ミソがもう少し上等で、もう少しお利口さんだったら、その妊娠した女の子に、
「どんなことがあっても、髪の毛振り乱しても、シッポからつり下げられても、その赤ちゃんを産んで育ててあげて！」
　と叫んでいたと思う。

　もしこの女の子のお母さんだったら、やっぱり同じことをおっしゃったと思うんだ。というのはキキはその後、いかに人の命というものが大切かを学んでいくんだ。たったひとりの人の命を粗末に扱ったことによって、1500人以上の人の命が亡くなってしまうということを。そしてお釈迦さまは、人間に生まれることがどれだけ難しいことかを、『盲目の亀さんと丸太んぼう』というお話の中でハッキリおっしゃっている。
『このひろーいひろーい海に、一本の丸太んぼうが浮いている。海の底に住んでいた、盲目の亀が、100年に一度だけ海の上に浮かんで、その丸太んぼうのまん中にあいてい

た穴に頭をスッポン！　とつっ込むことは果たしてあるだ
ろうか。それは、何千億年、何万億年に一度、あるかない
かというほど稀なこと。人間に生まれるということは、そ
れほどまでに有ることが難しい、有り難いことなんだ』
《有り難う》の言葉の意味は、有ることがめったにないか
ら、もしそんなに稀なことが起きたときには、心からお礼
を言うことなんだ。仏教から来た言葉だったんだ。

　それにしても日本の女の子はフランセから見るとかわい
いし、ナイーヴだから、よく悪者に引っかかって辛い目に
遭ってしまう。まったくもってこの《ナイーヴ》っていう
ことが、一番のくせ者なんだ。女の子だけじゃあないよ。
日本の男の子にも起きたことなんだけれど……。

　これはスタイリストの学校に行っていたふたりのボーイ
フレンドのお話。ひょんなことで知り合った、見かけは上
品で、ジェントルマンタイプのフランセにカジノに招待さ
れて、ギャンブルで巧みに操られたんだ。最初は、パリの
高級アパートが買えるほどお金が入ってきたんだって。イ
ヴ・サン＝ローランの、オートクチュール（オーダーメイ
ド）の服なんか着たりしてたんだけれど、最後には持って
いたお金を全部まき上げられたとか。
　このお友だちは、もう、売れるものはなんでも売らなき
ゃあ、というところまで追い込まれてしまった。切羽詰ま

73

ってキキに、おバアさんゆずりの毛皮のコートを600フラン（1万円）で買ってほしいと言ってきた。買ってあげようかナって試してみたら、キキにぴったり。とても素敵なワイルド・キャッツ（山猫）のコートだった。キキはほんとうはもうキツネの毛皮で十分だったんだけれど、かわいそうになったから、結局そのコートのために、1000フラン（1万7000円）渡してあげたのだった。

そのほかに、パリジェンヌだと思って付き合っていたらとんでもないアラブの女の人で、そのボーイフレンドに身ぐるみはがされてひどい目に遭った日本の男の子たちに会ったこと、あるあるある！

日本人がいざ日本を離れたら、ナイーヴでいることは、危険な落とし穴に落っこちることなんだ。ワナにかかってワナワナ震えて、とんでもないことになって、涙を流すことになっちゃうんだ。それはよくよく自分に言いきかせておかなきゃいけないということを、こういったお友だちの悲しい体験（たいけん）からキキはつくづくと学んだのだったワナ。

フランス人は、このナイーヴということに、ものすごく警戒心を持っているんだよ。そして、
「日本人はとてもナイーヴだから、注意したほうがいい」
と言われたことがよくあった。ナイーヴっていうのは、やさしくて、真面目（まじめ）で、お人良しの人が多いんだ。そしてどこかちょっと間の抜けたところがある…、まるっきりキ

74

キそのもの……。

　それは、フランス人とは、まったく反対の性格とも言える。フランス人は自分を守るということを本当によく知っている。警戒する心が強過ぎて、ときどき冷たいとか、意地悪をしているように感じることもあるんだ。でもフランスでは、危険なワナに落っこちないように、自分を守ろうとする当たり前の態度なんだ。

　長いヨーロッパの歴史の中で、お隣の国に攻められたり、国を半分取られたり、取り返したり、たくさんの苦しい戦争を経験すれば、ナイーヴでいることがどんなに危険なことか…、それは先祖が残してくれたフランス人の心の財産にもなっているように、キキは感じた。

　小さいころ読んだ、ヴィクトール・ユーゴーの物語、《ああ無情》の本からキキがおぼろげながらつかんだのは、このフランスという国が持っている『美しく、そして強い』というイメージだった。

　このように、最初は冷たーく見えたフランセやフランセーズたちに、もまれにもまれてキキはそれを学んできた。だからこのことは、今になって思えば貴重な人生の宝にもなってキキを守っていてくれるとかえって感謝している。でもこれはフランスだけとは限らないんだけれどね。仏教にも言われている言葉がある。

　『情は智をくらます』

75

と…。これは、日本に昔からある、義理とか人情によく
いっしょにくっついて来るナイーヴな心のことなんだ。そ
れは、日本の映画やお芝居の中ではいいんだけれど、いざ
大きな国際的な問題になると、正確な正しい判断ができな
くなるよ、天からいただいた知恵というものがくもってし
まうんだよ、というみ仏さまからの警戒信号でもある。

　日本が第二次世界大戦に入って行ったのも、福島の原発
事故が起きたのも、オレオレ詐欺にひっかかるのも、キキ
にはこの日本人のナイーヴさが、ひとつの大きな原因にな
っているような気がしてならない。そしてこれからも必ず
起きるであろう、大きな災いや悲劇なども……。

　君だったらキキのこの考え方どう思うかなあ？

日本びいきのフィガロ新聞

　フランスにル・フィガロという新聞社がある。フランス
では最も古い歴史を持っているんだよ。そのフィガロ社が
［フィガロ・マガジン］という週刊雑誌を出した。その雑
誌によく日本の素敵な記事が載っていた。

　ある時は、日本の様々な美術館の特集。ある時は日本の
レストランのシェフの特集。またある時はケンゾー・タカ
ダさんのインタヴュー。そしてある時は……。

　キキはとってもすごい記事を見たんだよ。それはフランスのトップクラスの哲学者の先生と、日本のトップクラスのマダム、美智子妃殿下（現在の上皇后さま）との対談だった。この哲学の先生は美智子様に対して、広い教養と深い精神世界を持ち合わせた美しい人と言う印象を受けられたという。キキは日本人として本当に誇りに思ったんだよ。こうした素晴らしい方々が日本人の心のシンボルとしておいでになることを。こんな国、世界中探してもないよ、知ってた？

　でもね、マタマタ、タマタマある時のことだけれど、日本のことでフィガロ・マガジンに変なカリカチュアが載っているのをキキは見たんだ。カリカチュアというのはね、風刺画とも言われて、ある出来事や人物を皮肉っぽく表現したり、大げさにおもしろおかしく描かれたイラストや漫画のようなもののことなんだ。

　キキの見たそのカリカチュアの題は、《ガレット・デ・ロワ（王様のパイ）》といって、中国という名前のでっかいアップルパイを、イギリス（ヴィクトリア女王）と、ドイツ（ヴィルヘルム2世）と、ロシア（ニコライ2世）と、フランス（マリアンヌ）と、そして日本（明治天皇）が分け合っているものだった。

　1898年にアンリ・マイヤーというフランス人のイラストレーターが描いたものだけれど、その当時の中国大陸はヨ

ーロッパと日本のものだったんだって。そこにはヘンテコリンなチョンマゲの、黄色い顔をしたブスの武士が、日本の国として描かれていた。

　でもね、ヨーロッパの国々はインドや中国やインドシナやインドネシアを植民地にして、その土地の人々を動物以下に扱っていたんだって。でも日本はそのころ《満州》という、日本の３倍もある国を、新しい、美しい日本の国として発展させようと大真面目に夢見ていたんだ。日本からは政治家や小説家、哲学者、有名な映画スターや、キキの親戚のおじさんまで参加して、鉄道とか、病院、お寺、学校、大学をどんどんこしらえていった。沢山の音楽家も出かけて行ってシンフォニー・オーケストラまで作ったんだって。そのブスの武士の日本は、こうして世界最高の国を満州に作ろうとしていたんだ。ちょうど北海道の富良野や美瑛というような、世界一美しいリッチな国にしようとしていた。

　ところがネー、ところがサー、いつも一番強くて、いつも一番お金持ちで、いつも世界最高でないと気のすまないアメリカが、今度はキツネのヒタイほどのパイの分け前すらもないことに気がついた。そして、
「オー・マイ・ゴッド・ナンチュウコッター・デ・アーリマショーカー！　ジス・イズ・ア・ペーン！」
　と怒り始めた。そうして日本のパイを横取りしようと、世界一パワフルな国が、世界一ナイーヴな国をいじめにい

78

じめ抜いて、太平洋戦争になってしまったんだって。

　ヒョロヒョロ・ガリガリになった日本ネズミがブヨブヨ・ギンギラのアメリカ猫を噛んでしまったんだ。

　99パーセントの日本人は知らないけれど、ウィキペディアにも載っている怖いお話がある。それは日本が戦争に負けちゃった後、アメリカは日本の国を6つに分けようとしてたんだよ。ちょうど東西ドイツや、南北ヴェトナムや、南北朝鮮のようにね。分けるのが大好きなんだね、アメリカという国は。そう思わない？

　その分ける案というのはネ、北海道はソ連が、関東と中部地方はアメリカが、東京は4国共同で治めて、関西地方はアメリカと中国が、四国は中国が、九州と中国地方はイギリスが占領して、日本の甘いおミソ汁を吸いましょうよっていうお話だった。

　でもそうなってたら、日本はそれでジ・エンドだったと思うよ。その時やっぱり何かの大きな力が日本を守って下さったんだとキキは信じている。それは800万のヤオヨロズの神さまか、み仏さまか、イエスさまだったかも知れないけれど、日本人のほとんどが心の奥底に持っているもの。日本人が何千年と守り、つちかい、尊敬して来た不思議な力、日本が世界に誇る分子生物学者・村上和雄先生のおっしゃる《サムシンググレート》と呼ばれるものに守られたんだと思う。守れば必ず守られるんだ。これって大宇宙の

法則だよね。仏教で《因果応報》って言うんだけれど、知ってた？

　ナイーヴで、やさしくて、真面目で、お人好しで、ちょっと間が抜けてて戦争に負けちゃった日本人は、そのために随分辛いことも経験してきたけれど、そのたびにみんなが団結して、支えあって苦難を乗り越えて来たんだ。そして世界のトップになったんだよ。

　医療は最高だし、町は安全だし、日本中きれいだし、その上、芸術があり、文学があり、詩があり音楽があって、その上キキの大好きな落語まである。こんな国って世界中のどこにも見られないよ。日本人はあまり知らないけれど、知らないうちに日本は世界の人たちのお手本になっているんだね。エ？　知ってた？

　1985年、イラン・イラク戦争がひどくなって、グズグズノロノロマゴマゴしていた日本の飛行機が日本人を助けに行けなくなってしまったとき、2機のトルコ航空機が日本人215人を優先して助けに行ってくれたんだよ。トルコ人はバスを使って逃げれば大丈夫だからって。どうしてかわかる？　1890年（明治時代）に、紀伊半島で台風に遭って遭難したトルコのエルトゥールル号の69人を、貧しい島の人たちや、お医者さんが無料で、献身的に介護して救ってくれたからなんだって。亡くなった587人は日本で丁重に葬られたんだって。その時日本中から、傷ついたトルコ人のために援助が届いたんだって。そのお話がトルコの小学

校の教科書にも載っているんだよ。そのためにトルコ人は日本人をとても尊敬していて、海の恩を空で返してくれたんだ。自分の子どもや孫に、日本人の名前を付けている人もいるんだよ。恩を忘れない素晴らしい国だよね。

　チベット仏教のダライ・ラマ法王さまは、迫害を加えた中国に対しても、

「中国は私の先生です」

　とおっしゃるほどの《汝の敵を愛しましょう》という深い精神力を持って、国難を乗り越えて来られた。そのためにノーベル平和賞を受けられた本当に素晴らしい仏教の指導者なんだ。その法王さまが福島の原発事故の悲劇のために、世界へ向かって、

「日本のために祈りましょう」

　と呼びかけて下さった。そして、

「21世紀には日本人の出番が来ますよ」

　とおっしゃったんだよ。

　日本人って本当に世界最高なんだよ。知ってた？

滞在ヴィザ

　緑や黒のかわいい実をつけるオリーブの木も、黄金色に輝くレモンの実をもフツフツと育む南フランスの太陽は、

81

キキのドンヨリと沈みがちな心をフンワリと暖かく抱きしめてくれていた。そして、ローズマリーや、タイム、バーベナのハーブたちは、キキの小さな脳ミソに新鮮な夏の香りを、惜しみなく送り届けてくれるのだった。

　でもこのころ、キキにひとつ心配事が起こっていた。これは、フランスに住むすべての日本人が経験することなんだけれど。それっていうのは、フランスに住むのに絶対に必要な、滞在ヴィザのことなんだ。その当時ヴィザは、パリのシテ島にある警察署で受け取ることになっていた。そのヴィザを受け取りに行く日は、朝から夕方まで一日中待つこともあった。そして、必ずしも親切な係員に会うとは限らなかった。

　この日当たった係の人は、ヴィザを渡すとき、冷たーい、意地悪そーな目でジローリとキキをにらみつけながら、
「いつ、フランスから出て行ってくれるのかね？」
　という聞き方をされてびっくりしてしまった。
　キキのお友だちで、戦争が起きたアルバニアという国から逃げて来た人がいた。チェンチーという名前で、昔その国の王さまの甥だった人だ。チェンチーは貴族の出身で、上品な白いムスタッシュ（口ひげ）を生やしたおじいさんだった。けれどやっぱり係の人に冷たーい、意地悪なことを言われて、しょんぼりと、朝から夕方までおなかペコペコでヴィザを待っていたと言っていた。

　チェンチーはフランスにうんざりして、そのあとアメリカのロサンゼルスへ引っ越して行ってしまったんだけれど。

　このままだったら、将来のフランス滞在のことが心配だなあ、と思えてきてキキはモモに相談してみた。
「ボクの知ってる人で日本にも行ったことがあるし、日本大好きの、でも、ちょっと変わり者がパリにいるんだけど。ライオンみたいにパワーのある人だから相談してみる？
彼に手紙書いてみたら？」
　そう言いながら、そのライオンさんの住所を教えてくれた。それでキキは、そのまだ見たことのないライオンオジサンに、あまり当てにしないながらも手紙を送っておいた。ひょっとしてモモが言ったように、相談に乗ってくれるかも知れないと思いながら。

　その後、トゥーレット・シュル・ルー村の個展で出会ったジャニーヌの招待を受けて、パリに戻ってきたキキの新しいスタジオは、小さな小さな、キツネのひたいのような屋根裏部屋で、ヴィクトール・ユーゴー通りにあった。ここはパリでもエレガントなお店が立ち並んで、ファッションブランドのセリーヌやレオナール、そしてキキの大好きなパリでも一番おいしいチョコレートのお店、マルキーズ・ド・セヴィニエなどがすぐお隣に軒を並べていた。キキはやっと元気を取り戻して、またパリで新しい生活を始

めようとしていた。

　南フランスの作品展で知り合ったジャニーヌは、キキの第一番のファンになって、プレタポルテのお店の仕事も、ドンドン回してくれるようになっていた。キキの仕事ぶりをとても高く評価してくれたんだ。

　ある日のこと。ジャニーヌといっしょに、ディオールや、シャネルなどの高級なお店が立ち並ぶパリのモンテーニュ通りを歩いていたら、偶然に《ハナエ・モリ・パリ》というブチックの前を通りかかった。そしたらジャニーヌが、
「あなたほどの才能があるアーチストはいない。ぜひ、このお店で雇ってもらいなさい！」
　と言って譲らない。キキときたら、
『ハナエ・モリさんほどのハナやかで、世界的に有名なデザイナーは、キキには、ハナエも引っかけないだろう』
　って思っていたから、ハナから断ったんだ。でもジャニーヌに背中をグイグイ押されて、ついにはお店の中にハナをつっこんでいた。そうしたらなんと、あの《世界のハナエ・モリ》が、キキの前にジャジャジャ・ジャーンって、とってもハナバナしく現れたのだった。
　ちょっとだけハナしを聞いて下さったあと、ハナをふくらませながら、ハナハダ哀れみを含んだ眼差しで、
「ハナク日本にお帰りなさい」
　それでジ・エンドだった。

　あとでそのハナしを聞いたジャニーヌは、憤慨のあまり
ハナエからモウモウとハナ息を吹き出しながらも、なんと
か納得してくれたのだった。

　ジャニーヌのお店のお手伝いをしながらキキは、フラン
スに長くとどまるための準備をし始めていた。
　やっと労働ヴィザというのを手に入れて、これから正式
に働きながら滞在できることになったんだ。

パリ・アールヌーボー・ファッション

レオと巡り会う

　そしてちょうど同じころ、あの日本大好きなライオンオジサンのお返事もキキのもとに届いたのだった。その手紙には、

「……あなたのお写真を送って下さい。レオ」

　とつけ加えられていた。

　多分このオジサンは、

『ひょっとしてこのキキという女の子は、ハナの穴がデカ過ぎるお人じゃなかろうか？　それともハナの穴が３つあるかも知れないなあ。そうだったらハナっからハナしにもならないから…』

　などと、ハナはだしく心配してたのかも知れない。そこで友だちが撮ってくれた写真を送ったら、安心したのか、２日後にはキキのスタジオに来て、

「ボクのアパートに引っ越ししましょう」

　と言いながら、キキの身の回りのものを全部自分の車にドンドン積んでしまった。びっくりしながらもアパート代が節約できると思って、キキはそのままレオにさらわれていったのだった。

　それからレオといっしょにパリの郊外に暮らすことになったんだけれど、モンキー・モモの言った通りだった。

　レオはものすごいパワーの持ち主で、キキの心配していた問題を、魔法のように次から次へと解決していってくれた。そしてレオはやっぱりモモの言った通りライオンだった。誰かに何か気に入らないことを言われると、「ギャーオーッ！　ギャギャオーッ！」とけたたましい声で吠えるものだから、相手の人はまっ赤になって、豆粒のように小さくちぢんでいってしまうのだった。

　レオは毎日素敵なレストランへキキを誘ってくれた。パリの最高級のレストラン、トゥール・ダルジャンにも連れていってくれた。キキにとっては、生活が随分と簡単になってしまって心休まってきたから、もういつもレオの言うがまま、なすがままにしていた。そしていつのまにかキキの心がホダホダとホダされ始めたとき、レオはこう言い出したんだ。

「実はね、前から計画してたんだけど、今度カナダへ移住しようと思っている。いっしょに行こう」って。

『な、な、な、なーんと……?!　カナダだって？　そんなアホな！』

『キキはフランスに来たんだよ！　カナダなんて、想像したこともなかったもん！』

『あの、寒い国でしょ？　雪と、氷と、ツララと、シモヤ

89

ケだけでできた!?　エスキモーと、白クマと、アザラシと、ニシンしかいない!?』
　そしてよくよく聞いてみると、レオはもう随分前からカナダへ引っ越しすることに決めていたのだった。もうカナダの国から、移民の許可までもらっていたんだって！　レオは、アフリカまで気に入った獲物を探しに行くほどの大ハンターだった。だから野生の動物がワンサカいるカナダに、昔から憧れていたんだ。キキときたら、前からフランスに憧れていたし、もうフランスにキツネの骨をうずめてもいいなんて思い始めていたから、電信柱にしがみついても、
『絶対にフランスを離れるもんか！　ぜーったいに……！』

　そしてキキはお友だちに頼んで、カナダ移民の計画はあきらめるようにとレオを説得してもらおうとした。君だったらこんな時どうしてたかな？
　でも誰がどんなことを言っても、なだめても、パワフルで頑固なライオン・レオの信念は変わらなかった。キキはここで厳しい判断をせまられた。
『別れてひとりでフランスに住むか、それともレオといっしょに氷のカナダへ移住するか……』
　キキがためらっているのを知ったレオは、
「じゃあ、移住するかどうか決める前に、カナダへちょっ

と見るだけの旅行に行ってきましょ」

　と、提案してくれた。

『ちょっと見に行くだけならイイや。イヤだったらまた戻って来られるから』

　そして、冬の1月、2月と、夏の5月から11月までの、2度のカナダ旅行をレオと続けることにしたのだった。

　レオのもくろみはこの旅行中に、大自然の中で狩りや釣りをしながら暮らせるような、ハンティング・ロッジを見つけることだった。不思議なことにこうして旅行していると、だんだんとキキもそんなムードにハマってきてしまった。『朱に交われば赤くなる』って言われるようにレオのパワーに巻きこまれて、最初は白けていたのに、だんだんと興奮してきてしまった。そしてついにはユデタコのようにまっ赤になって、一生懸命に、目をキョロキョロと理想のロッジを探している赤ギツネに変身していた。

　モントリオールのミラベル国際空港に着いて、ケベック州からカナダの東海岸を南に下りてくると、ノバスコシア州になる。この州はね、実はとっても日本に似てるんだ。日本みたいに海に囲まれて島国っぽいけれど、島じゃないんだよ。この州はちょうど盲腸みたいにチョコン、とカナダ大陸のデカいおなかの下にくっついてるように見えるから、本当は半島って言ったほうがあってるかも知れない。

小さいころ読んだ、ルーシー・モード＝モンゴメリーさんの書いた本に出てくる主人公の赤毛のアンっていう女の子も、実はこのノバスコシアで生まれたんだよ。アンは孤児院で育って、その後お隣の州のプリンス・エドワード島の家に引き取られていったんだけれど。

『心がきれいで、勇気があって、アンは日本人の大好きなタイプだ』

　とキキは思っていた。この旅行中にプリンス・エドワード島へ行って、赤毛のアンのミュージアムにもなっている、著者のモンゴメリーさんの生まれた家を訪れた。ここにはアンに関する日本の本や、日本製のアンのお人形だとか、そのほかに色々な日本から届いたオブジェがいっぱい置いてあって、びっくり仰天したこともキキは覚えている。そして、

『カナダ人よりも、日本人のほうが赤毛のアンに夢中になっているってことなんだ。』

　と、なんとなくおかしくて、カナダと日本がぐぐうっとお近づきになれたようで随分うれしく思えたのだった。

　５月から始まったこの２度目の旅行は、10月もそろそろ終わりに近づいて、カナダの東海岸は雪がチラリホラリとちらつき始めていた。キキのスーツケースの中は夏服ばかりでセーターは１枚きりだった。それでもまだ、レオが気に入るようなロッジは見つからなかった。そんなある日、

偶然に訪れた不動産屋のおじさんから、
「昔ホテル・レストランだったエステート（土地）が、ちょうど売りに出されていますよ」
　と言われて訪れたのが、ついにレオが手に入れたスコシアン・マナーというハンティング・ロッジだった。ロッジといっても、小さなお城のようにゴージャスな木造のマナーハウスだった。マナーっていうのはね、その昔領主さまが所有していた荘園（領地）のことで、そこに建てられた邸宅をマナーハウスって言うんだって。だからスコシアン・マナーは、ノバスコシアの邸宅という意味なんだ。少シアン入り・マンジュウダナーと間違えそうダナー。
　ここには400ヘクタールの森と草原のある敷地の中を、クライドリバーというサーモンの上る川が２キロにわたって流れていた。９ホールのプライベート・ゴルフコースも備わっていた。ここは後にウォルト・ディズニー会社の《スカーレット・レター》という映画のロケも行われるところだった。

　こうしてキキは、考えも及ばなかった大自然の中で、レオと、木こりさんと、猟師さんと、そして鹿さんや野ウサギさん、リスさんやウズラさん、ハリネズミの大親分のようなヤマアラシくんたちといっしょに、このクライドリバー村に住むことになっていくのだった。

森の中の生活

　レオは自分の望みがついにかなって、毎日が夢のようでとってもしあわせそうだった。夏はインディアンそっくりにカヌーに乗って、マナーハウスの裏を流れる自分専用の川でマス釣りをしたり。秋には鹿革服がトレードマークだった西部開拓時代の英雄、デヴィー・クロケットのように鹿や熊狩りに出かけたり、罠をしかけたり。そして冬はというと、お知り合いになったロブスターの漁師さんといっしょに、イソイソと海へカモ狩りに出かけたりと、毎日がとても充実していたんだ。でもキキときたらスポーツは苦手だったし、田舎や大自然の中での生活はまったく経験なし。日本にいたときは、キャンプなんて一度もしたことがなかったんだから……。

　フランス語の表現に、

『なんでも新しいことは、なんでも素晴らしい』

　というのがある。まだ新鮮なときはすべて楽しいし、美しく感じるものだけど、慣れてくるとそれほどでもないっていうこと。ちょうど愛し合って、燃え上がってしまう恋人同士みたいに……。

　最初は、

「アナタが死んだら、アタクシも死んじゃいますわヨー！」

　なんてメロメロになって天に上っていても、いつしか、

「オメエとなんか、なんでいっしょになったんだろう。もう死んでも口きくもんかー！」

　なんて心変わりして、地上に落っこちてしまったりと。でもレオにとっては、この土地が自分のすべての夢をかなえてくれて、とっても楽しい日々が続いていた。その上に怖いものなしで、もしあってもかえって刺激（しげき）されて大喜びで、「ギャーオッ！　ギャギャーオオーッ！」と突撃（とつげき）していくタイプだったんだ。

　でもキキにとっては、最初はすべてが目新しくて、毎日が楽しかったんだけれど、それがだんだんと色あせてきてしまった。というのは、人里離れてやっぱり寂（さび）しいから、ピヨピヨピヨピヨといつもレオの後ろに隠れていたし、その上にここでの夜がとっても怖かったんだ。400ヘクタールの森は日が暮れるとあたりはまっ暗で、明かりがひとつも見えなかった。一番近いお隣（となり）のダグラスさんちは３キロも離れていたし、その上ときどきコヨーテの「アウ〜オ〜オ〜〜〜オ〜オ〜ッ」という長引いた遠吠（ぼ）えが聞こえてきて、キキの心臓がジンジンジーンと氷りついて、背中の毛がザワザワと逆立（さかだ）つほどだった。

『コヨーテとキツネは親戚（しんせき）じゃあないか』って？

『カナダのちょうワイルドのコヨーテと、日本のちょうヒヨヒヨのキツネをいっしょくたにしねえでおくんなせえま

95

し！』

　キキは町に生まれたから、まったくもって花の育て方も知らなかった。種を蒔いてお水を上げたら、もう翌朝に芽が出て、そのまた翌朝には花が咲くって思っていたほどなんだ。でも、

『せっかくこの大自然の中で暮らすのだから、なにかかわいいお花でも植えましょう。きっと心がなごむから』

　そう思ってガーデンセンターに行って、ベゴニアの球根を買ったんだ。そのときついでにベゴニアさんのオヤツのために、小さなシガレットのようなスティックになっていて、簡単にさすだけタイプの肥料も買って帰ってきた。そうしたらレオは、キキの買ってきたものをひとつひとつ丁寧にチェックして、そのさすだけ肥料を見つけた途端、「ガガオーガーオッ！」とすごい剣幕で怒り出した。

「自然の中ではそんな栄養分なんか必要ないガーッ！　花なんかも大自然のそのままがいいんだから必要ないガーッ！　ガガオーッ！」

　という理由だった。たったの1ドル99セント（200円）のプラントフード（肥料）が、レオにとってはぜいたく過ぎていらないものだったんだ。レオは1丁、1万ドル（100万円）以上するドリリングのライフル銃とか、ウインチェスターやブローニング、オーストリアのマンリッヒャー、そして354マグナムといった、世界最高のライフルや、ショットガンや、ピストルを15丁以上もコレクションしてい

て、それをとても誇^{ほこ}りにしていた。でもキキの心の慰めに
なるお花や肥料などは、レオの世界にはまったく無意味な
ものなんだってわかって、涙がボロボロボロボロと出てき
てしまった。そしてキキの心がジンジンジーンと深ーい、
暗ーい底なし沼に沈んでいってしまったのだった。

　そんなことがあっても、キキはなんとかこの新しい世界
になじめないかと、小さな脳^{のう}ミソを、モミモミ、コネコネ
して色々働かせてみたんだ。そしてやっとこさ、おミソか
らチュルチュルと絞り出されてきたものがあった。
『ほんなら、ファッションデザイナーから、アーチストに
変身したろーかナー！』
　こんな世界の果てのような土地で、ファッションデザイ
ナーなどはまったく必要とされなかったんだ。でもアーチ
ストだったら、どんなへんぴなところにいても作品は作れ
るから……。そしてキキはお得意のイラストと、大好きな
布地を使って、モンキー・モモと共作した、コート・ダジ
ュール時代のようなパッチワークのパネルを作ることにし
たんだ。そうすれば、レオといっしょにこの寂しい土地に
住む意義^{いぎ}も出てくるだろうから。
　日本にいたときは、武蔵野美術大学^{むさしのびじゅつだいがく}に落っこちてしま
って、アーチストになるかわりにファッションデザイナー
になったのだった。でもカナダでは、ファッションデザイ
ナーになれなくてアーチストになるなんて、百八十度ひっ

くり返ったみたいで、皮肉っぽくておかしくて、これは運命のイタズラではなかろうかとも思えたのだった。

仏教との出会い

２月に入って、レオは依然として鹿や野ウサギ狩りに熱を上げていた。キキはこの大き過ぎて暖房がきかなくて寒ーい家に、ポツンとひとり残って、パッチワークの作品を作ろうと、アーデモナイ、ソーデモナイ、コーデモナイと、イーロイロ試みていた。

日本を離れて、はや10年近くが過ぎようとしていた。毎日が目新しいことばかりで、キキの知らない間に時がシュルシュルと過ぎて行ってしまっていた。そろそろ日本が恋しくなって、お父さんお母さんに会いたくなってきた。レオは相変わらず鹿狩りに熱を上げて夢中になっていたから、カナダに、レオと、お手伝いさんのケアテーカーと２人残しておいて、キキはひとりで日本の両親のもとに里帰りしたのだった。

日本を離れてこの10年間は、フランス語と英語の毎日だったから、日本語は、ほとんど話す機会がなかった。だか

ら10年ぶりに会った友だちに、

「日本語、下手になっちゃったねえ！」

　なんて言われてしまった。中学のときの2番目に苦手な英語の時間に、先生の質問に答えられなくて、まっ赤になって下を向いて、ボロボロと涙をこぼしたことが今ではなつかしい思い出になっていた。

　ある日のこと。キキのお姉さんが、ミミっ教（密教）という仏教のお勉強をしていて、

「これ、とってもおもしろいから読んでみて」

　と言って何冊かの本を置いていった。それは昔々、お釈迦さまがまさにお亡くなりになるというときに残された、涅槃経という教えがもとになっていた。

『また、新しがり屋さんが何か見つけたな』

　そう思いながら、その本を何気なくパラパラとながめていた。そうしたらその夜、キキは不思議な夢を見た。べっ甲のメガネをかけた、上品なミミズクのオジサンが出てきて、キキに向かってたったひとこと、

「あなたね、もう少し人のためにやったら？」

　とおっしゃった。目が覚めてから、

『あのミミズクオジサン、いいこと言ったなあ』

　と思ってそのまま忘れちゃったんだ。だって、それは単なる夢だったから……。あとでお姉さんに、

「ああ、そういえばこんな夢見たっけ」と話したところ、

「まあ、何てうらやましいこと！　わたしはそんな夢見たこともないのに！　お釈迦さまはね、衆生（ひとびと）に夢を見せて、道を教えるともおっしゃっているんだよ」

　と言われて、その夢がとても大切なことになってきてしまった。なにかキキにとって、アリスの不思議な国からのメッセージをいただいたような、とってもワクワクした気分になってきたんだ。

　というのは、キキが見るのはいつも、怖い夢か、悲しい夢ばかりだったから。それは決まって、恐ろしい狩人にねらわれたり、ゴジラや、キングコングや、オバケや、毛むくじゃらのガマガエルに襲われたりする夢だったんだ。オタマジャクシや、シャクトリ虫や、デンデン虫や、ダンゴ虫や、ノミやシラミに追っかけられて、逃げよう、逃げようとしても、４本足がカラ回りするだけで、ウロウロオロオロハラハラする、怖い夢ばかりだった。ミミズクオジサンのお出ましになったような神々しい夢なんて、金輪際見たこともなかったんだ。

　そしてもうひとつ不思議なことは、それまでキキに定期的に襲ってきた、おなかのシクシクシクっていう耐えられない痛みが、あの夢を見た日からすっかりなくなってしまった。色々な薬を飲んでも効かなかったから、どんどん強い薬に変えていたのが、あの日から一度も、シクシク用の薬を飲むことがなくなっていた。

『不思議だなあ。でもすごーくうれしィィィー！　ひょっとして、これがあのキツネの門番くんの言っていた《ドウ》なのかも……？　そうだとしたら、あのミミズクオジサンに言われたことをこれから実行してみよう。もう少し人のためにって言われたことを。そうしたら、あの寂（さび）しいカナダに住むことの意義（いぎ）も出てくるかも知れない』

　そう思いながら、キキはカナダのレオのもとに戻っていったのだった。

初めてのアートコンクール

　キキはカナダに帰ってきてすぐに、アートコンクールに招待された。そのコンクールとは、ブリッジウォーター市に、新しく建てられた総合病院のために、300万ドル（3億円）の寄付のお金を集めることのできるアート作品の募集のためだった。

　キキにとってカナダへ来て初めてのアートコンクールだった。でも今までと違っていたのは、あのミミズクオジサンがおっしゃったように、『もう少し人のために』という心で作品を作って提出したことだった。

　この病院で苦しんでいる人、怪我（けが）をして命の危ない子ども、もうすぐこの世を去らねばならないお年寄りの方たち

の、心の安らぎを願いながら。キキはデザイナー兼アーチストになってからこの日まで、一度も人のために作品を作ったことはなかった。ましてや人のために祈ったこともなかった。全部自分のために制作して、自分のおなかのシクシクのために祈っていたのだった。

　だけれども今回は、本当に生まれて初めて『人のために』、『他のために』と祈りながらこしらえた作品だった。

　応募のためのアート作品のモデルを作り終わって、提出してから３週間が過ぎ、結果が発表された。キキのアイデアが、36人の応募作品の中から、審査員の全員一致で選ばれたのだった。

　この作品は、ノバスコシア州の春、夏、秋、冬を表した、縦1.8メートル×横3.8メートルの大きなパッチワークのタペストリーで、キキはツリー・オブ・ライフ（命の木）と名付けた。

　パネルのまん中にカナダのシンボルのメープル（カエデ）の木を置いて、手のひらの大きさのカエデの葉っぱの１枚ごとに、お金を寄付して下さった人の名前を手で刺しゅうしていくというキキのアイデアだった。そのアイデアは一般の人も含めて、大きな会社や大銀行まで共感を呼んで、次々と寄付金が集まってきた。そしてついに、300万ドルの目標を達成したのだった。

　キキはその賞金として１万ドル（100万円）を受け取っ

たり、新聞に載ったりと、いっぺんに有名になってしまった。300万ドルの寄付を集めたタペストリーは、この病院のエントランス・ホールに飾られて、今でも訪れる人々の心に安らぎを与えていると、最近この病院を訪ねたお友だちが伝えてくれた。

　今さらにしてキキが思ったことは、

『あのミミズクオジサンの言ったことは本当だった！　人のためにすることで、自分もまた生かされてくるんだ！』

　そしてキキは、『何となく、仏さまの教えがちょっとだけわかったような気がした』のだった。

天国と地獄

　その夜、ミミズクオジサンはキキに、天国と地獄のお話をして下さった。鳥肌が立つほど素晴らしい岐阜弁が聞こえてきた。

「この天国と地獄という、ふたつの国の違いはやねえ、2メートルもある長いお箸でごちそう食べるときにわかるんやで。地獄に住んどる人間はねえ、みんな自分の口へ持ってこよう、こようとジタバタしとるけど、箸が長過ぎるで誰もようけ食べられえへんで。いつもおなかペコペコやし、体ガリガリなんやがな。

その反対にやね、天国に住むお方はナモ、そんなことしいへんで。みんなお互いに相手の口へ、隣の人の口へと、その長いお箸の先っぽ向けられるんやがな。そんでやね、みんなしあわせにおいしゅう食べられて、ごちそうさま言えるんやに。みんないつもおなかポンポン、体ピンピンなんやて。天国も地獄もこの世の中にあるんや。人の心の中にあるんやがな」

　と、まるで岐阜の下町で生まれたような、キッスイの、岐阜っ子の、べらんめえの岐阜弁でのたまった。だからキキは、

『人生は、こんな簡単な法則、知っとるか知らへんかで、天国と地獄に分かれるんやなあ』

　と、ほんとによう納得できたんや。そしてこのアートコンクールを通して、この神さまや仏さまの教えが、心からようわかったんやがな。それまでのキキの長いお箸の先っぽは、全部キキの口の方へと向いてたで、やっぱりどうしても上手に食べられえへんで、モガモガもがくだけで、キキの心は辛くて悲しかったんやろなあ……。こんなキキの心、君はどう思うやろなあ？

　それからというものキキはよく不思議な夢を見るようになった。お姉さんの言った通りに夢でどうなるかわかったり、夢がキキを導いてくれるようになってきた。そして、ミミズクオジサンとも、夢でお話する機会がよく出てくる

104

ようになった。

　ある日のこと、ミミズクオジサンはキキに向かって、
「この、チョロリンとくっついてるワシの耳はなんだと思
うカナダ？　これはダカナ、人間の苦しみの声を聞くため
にあるんダガナ。このワシのグルグルまなこはなにカナ
ダ？　これはダカナ、まっ暗な夜中でも、人々の悲しみの
心を見つめられるようにあるんダガナ。昼間だったらどう
カナダ？　このべっ甲のメガネかけたらダカナ、なんでも
よく見えるんダガナ。このメガネはなにカナダ？　ワシの
一番弟子のカメ吉がダガナ、『オイラの大好きな大親分の
ためにダガナ！』と言ってダカナ、自分の背中の甲羅をけ
ずって作ってくれたものナンダカンダ……」
　と、今度はカナダ弁丸出しでのたまった。
　あとでわかったことだけれど、神さまや仏さまというの
は、そのときやその場所に応じて、そして相手のレベルに
合わせて、どんなものにも変身できる摩訶不思議な存在だ
ということが。

400年記念の歴史タペストリー

　その次の年になって、キキはまたもやアートコンクール

に招待された。今度のコンクールは、壮大なプロジェクト
のものだった。それは1604年に始まった、カナダの国の
400年記念のための歴史タペストリーをデザインするとい
う、パークス・カナダ（公園管理庁）主催のコンクールだ
った。

　キキは病院のタペストリーですごい経験をしたから、今
度もまた同じようにミミズクオジサンのお言葉に従ってみ
ようと思った。そこには、『ヤナギの下の２匹目のドジョ
ウ』という思いがあったのかも知れない。２匹目はやっぱ
りいないかも知れないな、と思ってはいたんだけれども。
　このコンクールは、ノバスコシア州のアート・ソサエテ
ィー（芸術協会）の、150人のアーチストの中から５人が
選ばれて行われた。キキもその中に入っていた。その５人
の中には、カナダでも有名なすごい才能あるアーチストも
入っていた。キキは日本ギツネだったし、カナダの歴史タ
ペストリーのデザインには、やっぱりカナダ人が選ばれる
べきだってみんな想像していたのはまったく当たり前のこ
とだった。でもキキはいつものように、真面目の上に《ク
ソ》がつくほど大真面目に、ミミズクオジサンのお言葉を
胸に、『他のために』、『カナダの人たちのために』、『この
美しき、大自然の国のために』と心を込めて祈りながらデ
ザインしていったのだった。
　そして不思議なことには、どこからともなくアイデアが、

ドンドコズンズクと湧き出てきたのだった。デッサンのスタイルは、どんな子どもにでもわかるナイーヴな漫画風のスタイルにして、鮮やかな色を使った。そして、ようやく小型のタペストリーモデルが出来上がって、応募先のパークス・カナダのオフィスに送ったのだった。１カ月が過ぎて電話がかかってきた。

「あなたの作品は、文句のつけようがありませんでした！」

　こうしてこの、縦2.5メートル×横5.5メートルの、大ニードルポイントの刺しゅうを使った、カナダの歴史タペストリーを、日本ギツネのキキがデザインすることに決まったのだった。

　キキは改めて神さまや仏さまの大きな慈悲のみ心を感じて、そのお力の雄大さにビックリしていた。もしキキが自分のことしか考えないで、お箸の先っぽを自分の方へばかり向けていたら、このタペストリーは、こんなにまで審査員の方々の胸を打つものにはならなかったと思っている。ねえ、君もそう思わない？

　それからというものキキは毎日、朝から晩までタペストリーの制作に取りかかった。このニードルポイントのキャンバスを、24等分に分けて、それを100人以上の人がみんなで協力し合って、それぞれのキャンバスに刺しゅうをする。そして出来上がったらそれぞれのキャンバスを持ち寄って、最後に全部つなぎ合わせて大タペストリーが誕生す

るという、とても壮大な計画だった。

　キキの仕事はまず、カナダの歴史を調べてそのデザイン。そして、24等分に分けた小さいキャンバスに、そのデザインした絵を写して、アクリル絵の具で塗り上げていくこと。その後みんながそのキャンバスの絵の上に、ニードルポイントの刺しゅうをしていくという、とても手間ひまのかかるものだった。

　キキは、渋谷の服装学院時代に、そのころまだ誰も使っていなかったアメリカ製のアクリル絵の具を、イラストコンクールの賞品としていただいた。そのときからアクリル絵の具はキキのスペシャリテ（得意）になっていた。それでもカナダの歴史のストーリーをデザインするのと、キャンバスにペイントするのに、キキは2年の月日を費やしたのだった。

エリザベス女王さまも！

　この歴史タペストリーのプロジェクトは、ひとりでも多くのカナダ人が参加して、ニードルポイントという刺しゅうのテクニックを使いながら、カナダの400年の誕生日をお祝いしようというパークス・カナダ（公園管理庁）のアイデアから出てきたものだった。だからカナダ政府にとっ

ては、刺しゅうをするボランティアをできるだけたくさん
募集する必要があった。1990年の５月に、キングス・シア
ターという劇場でキキのデザインがお披露目された。舞台
のまんまん中に、トレーシングペーパーに描かれた実物大
のタペストリーデザインが、ちょうど壁に掛けられている
ようにデーンと置かれて、キキは我ながらとても圧倒され
ていた。たくさんのカナダ人が招待された。ところがプレ
ゼンテーションの日は、あいにく大雨と大風が吹きまくっ
た。キキは、

『ほんとうに残念だなあ。こんな嵐の日は多分、誰も来て
はくれないだろう。そうしたら、刺しゅうのボランティア
は集まらないかも知れない……』

　とがっかりしていた。それでも劇場にはポツリポツリと
人がやってきた。キキがシアターの後ろの方で舞台をなが
めていたら、すぐ横にいた男の人が、

「きょうはこんな嵐で、ちょっと気が滅入っていたんだけ
ど、あの舞台の上のカラフルなデザインを見たら、いっぺ
んに心が明るくなってしまったよ！」

　とすごくうれしそうに言って下さった。この方は、お隣
にいた日本ギツネがデザイナーだとはまったく知らなかっ
た。それを聞いた途端にキキは、

『このタペストリーはすごいことになる。たくさんの方々
に喜びと希望をもたらしてくれるだろう』

　と思うことができた。

109

キキが舞台の上でプレゼンテーションするころには、キングス・シアターの会場は人が溢れんばかりになっていた。カナダの方々が、自分たちの歴史にプライドを持たれますようにと願ったキキの心が伝わったのか、沢山のかわいい子どもまで交えて、100人をはるかに超える信じられない数の、

「刺しゅうに、ぜひ参加したーいでーす！」

　というボランティアの候補者が集まった。その中には、普段は差別を受けている、先住民族のミックマック・インディアンも入っていた。タペストリーの中には、インディアン村のとんがり帽子のかわいいティピーテントや、インディアンの人たちの生活がデザインしてあった。そうしたらそれを知った本物のインディアンの酋長さんがとても喜ばれて、ミックマック・インディアン特製の、ヤマアラシの針で刺しゅうをこらしたハンドクラフトのメダルを、そのテントの上にアップリケして下さったのだった。それを知ってキキは、酋長さんから特別の勲章メダルでもいただいたような、とても誇らしい気分になってしまった。そしてその上に、この酋長さんのメダルは、ほんとうは神さまや仏さまが用意して下さったメダルのようにも思えてきて、うれしさで胸がいっぱいになってしまった。

　また、19世紀の登場人物の中に、アメリカの奴隷制度から逃れて来て、カナダで自由になった黒人の女の人をデザ

インしたんだけれど、その子孫にあたる黒人の女の方も刺しゅうに参加されて、キキにお礼を言って下さった。その方はこの歴史タペストリーの企画が起こされたアナポリス・ロイヤル市の市長さんだった。市長さんはキキに向かって、

「ほんとーに素晴らしいおデザインでは、ござーましたけれどモッ……」

と、何かご不満がおありの様子だった。

「あのーでござーますがネッ……。わたくしのババさまの、そのまたババさまをデザインして下さったのは、ほんとうにうれしゅうござーますがネッ……。このひいひいババさまのコートのコートでござーますがネッ……。実は、コートの色は、ベージュだったのでござーますコートヨッ」

キキがタペストリーのデザインを始めるとき、何百ページもの資料が歴史の専門家からキキに渡された。市長さんのひいひいババさま、ローズ・フォーチュンさんは、努力して、大成功して、有名なビジネスウーマンになられた。そのババさまの似顔絵がその資料の中にあった。その当時はカラー写真などなくて白黒のスケッチだけだったので、キキの至らない想像で、ローズババさまのコートはブルー・グレイの色にしてしまったのだった。とても申し訳ないと思ってキキは市長さんに、アイ・アム・ホントーニ・ソーリーと心からあやまったのだった。

キキがこのタペストリーをデザインしながら感じたこと

111

は、とっても多くの人々が関わり合って、さまざまな人生や歴史を作り上げていくんだなあということだった。そして、タペストリーはこれらのたくさんの方々の生活を表していて、たったひと針でも、たったひとりの命でも、人生というタペストリー、そして人間の歴史の大切な一部になっていくんだということだった。

　ある日、キキは何気なく新聞を読んでいたら、【エリザベス女王さまが歴史タペストリーに刺しゅうをされる！】という大きな見出しの記事が見つかった。そこにはキキの名前もデザイナーとして載（の）っていた。エリザベス女王さまは今でもカナダの国のシンボルになっていて、カナダの歴史はイギリスとは切っても切れないご縁でつながっていたんだ。女王さまのなされたたった２針の刺しゅうは、300万針の刺しゅうの中でももっとも注目され、もっとも尊敬（そんけい）される針目になったのだった。もっともこの２針の刺しゅうはちょっとだけゆがんでいたそうだけど……。
　でもここで、女王さまのフタハリの刺しゅうを誰かがハリきって直そうなどとしたなら、ハリ千本飲まされたか、ハリのムシロか、それともヤハリ、ハリツケになったに違いないと思われた。
　こうしてキキは、イギリスの女王さまに作品のお手伝いをしていただいた、カナダでただひとりのアーチストとなったのだった。

クマさんのロロ

　キキには、この歴史タペストリーの中に、どうしても似顔絵を入れたいお友だちがいた。そのお友だちとはクマさんのロロのことなんだ。ロロはカナダのすごいアーチストだけがなれるロイヤル・カナディアン・アカデミーのメンバーで、カナダでも有名な水彩画のアーチストなんだ。そんな大アーチストなのに、とってもやさしくってシンプルなクマさんなんだ。

　キキが初めてノバスコシアに来て、右も左も、上も下も、斜め横も、はしっこも、すみっこも、なーんにもわかんなかったとき、アーチスト仲間として、手取り、足取り、鼻取り、シッポ取りしてくれたのだった。そのロロのおかげで、キキは、《300万ドル・病院・寄付金・タペストリー》や、《カナダ・歴史・タペストリー》のデザインをすることができたといってもいいくらいだった。

　だからキキはチョッピリ、ほんのお礼のつもりでロロのイメージをタペストリーに加えたんだ。夏になるといつもロロは、アナポリス・ロイヤル市にあるヒストリック・ガーデンにやって来た。そこには何百本もの美しいバラのコレクションがあり、北アメリカでも有名なバラガーデンと

しても知られていた。キキは、おヒゲのアーチストがそこで写生をしているところをデザインしたんだ。そうしたらロロはそれを見つけて、その場面を刺しゅうしているボランティアのグループのところへ出かけて行って、

「自分の似顔絵のところを刺しゅうしてきた」

と、ワザワザ、キキに報告に来てくれた。そして、

「ボクの似顔絵が黒いおヒゲになってたけど、最近はちょっと白いのが交じってきたから、白い糸で何本か刺しゅうしてきたよ」

と言ってカラカラと笑っていた。

その後ロロの写生している場面が、歴史タペストリーのカタログの表紙にも使われていくんだけれど、ロロはそのことがとってもうれしそうだった。ロロのおヒゲの刺しゅうも入れて、その後みんなの刺しゅうが完成するまでに、全部で4年の月日が必要とされた。

お父さんが

キキがこうして、タペストリーの制作に没頭しているころ、「お父さんがもう長くないかも知れない」という連絡が入ってきた。お父さんは、6カ月前から肺炎のため入院していて、だんだんと弱ってきていたし、もう電話で話す

こともできなくなっていた。

『いつかは……』

　とビクビクしがら暮らしていたんだけれど、

『ああ、やっぱり！』

　と思って心がまっ暗になってしまった。

　タペストリーのお仕事を中断して、キキは日本へと、人生のうちでもっとも悲しい旅にと飛び立ったのだった。

　岐阜駅からスーツケースを抱えたまま、タクシーで日赤病院に乗り着けて病室の前に立ったら、ドアに面会謝絶の札が悲しそうにぶら下っていた。そしてそのドアを開けたとたん、あんなに素敵だったお父さんが骨と皮だけになって、枯れ木のように横たわっているのが見えた。

　キキを見るなりクシャクシャの顔をして、精一杯喜びの表情を見せてくれたんだけれど、喉にチューブが挿入されてもう話すこともできなくなっていた。

『ああーっ、お父さんっ！　ゴメンね。ゴメンナサイね。待っててくれたのね。こんなになっても、キキをずーっと待っててくれたんだね』

『なんてひどい子だったんだろう、キキは！　何ひとつ、まともなこともしてあげられなかったのに。こんなどうしようもない、できそこないの、親不孝な子ギツネでも、いつでも言うこと聞いてくれて、守ってくれて、こんなに最後まで愛してくれて、キキがいるだけで喜んでくれて。お父さん、お父さん！　ゴメンね、ゴメンねっ！』

って声を殺して心の中で叫びながら、キキはお父さんの顔の上で泣いていた。大粒の涙がボロボロと流れてきて、お父さんの額にポトンポトンと落ちていった。そうしたらお父さん、キキの手をそーっと取って、キキの手の平に指で字を書き出した。声が出なくなってからは、文字で伝えていたのだった。

　ゆっくり、ゆーっくりと、

　『こ・こ・ろ・は・も・ち・よ・う』と……。

　こんなに歩けなくって、動けなくって、声も出なくっても、お父さんは、キキが泣いてるのを見て励ましてくれたんだ。そして正しい道を教えようとしてくれたのだった。カナダに帰る日が来た。もうこれで最後だってわかっていたんだけどお別れするときに、

「お父さん、また帰って来るから、それまでに元気になってね」

　と言ったら、悲しそうに首を横に振っていた。

　キキが日本を発って3日後に、お父さんは亡くなった。キキと会ってもう思い残すことはないっていうように。その知らせを聞いた途端、ジンジンジーンって胸が重くなって、痛くて、痛くて、このまま死ぬかも知れないと思うほどの苦しさだった。

『胸が痛む』という表現を、これほどしみじみと感じたことは今までになかった。3日間、涙がボロボロボロボロと

止まらなくて、悲しくて、苦しくて、どうしようもなくって、神さま仏さまーって心の中で大声で叫んでいた。その夜のこと。ミミズクオジサンがキキの夢に出ていらした。
「人の世の中はね、四苦八苦って言われるように、生、老、病、死という４つの苦しみからは、絶対に逃れられんようになっているんだよ。生きるっていうことは大変なことなんや。だんだん年を取っていくし、病気になったり、終わりには死んでしまうよね。人間も、動物も、きれいなバラの花も、うるさいハエや、嫌われるウジ虫までな、みんな天から平等に命をいただいているんや。でもな、心あるものだけが、そうゆう苦しみの世の中で、どうしたらほんとうのしあわせになれるかということを勉強できるんやないかね？　そのためにお釈迦さまは仏道という道をみんなに開かれたんだよ」

　そのミミズクオジサンの発せられたお声は、お父さんの声そっくりだった。低くて、とってもあたたかくて、やさしくて、キキの大好きなお父さんの声だった。
『ああ、お父さん！　もう仏さまになったんだね。これからはミミズクオジサンを通してお父さんの声が聞けるんだ。もうキキは苦しくないよ。お父さーん！』
　キキのまっ暗な心の大海原に、淡い、かすかな光が、灯台の明かりのようにホンノリとともり始めていた。
　暁烏敏というお名前の、目の見えないお坊さまが作られた、『十億の人に十億の母あらむも、わが母にまさる母

117

ありなむや』と、ご自分のお母さんが最高だよって、母上を慕われたお歌がある。キキのは《父さん恋しや》の歌で、『十億の人に十億のテテあっても、キキのテテにまさるテテあるはずないやむや〜む』

と泣きながら歌ったのだった。

その昔々のもっと大昔に、『法蔵』という名前の王さまがいた。この王さまが、『すべての人々をしあわせにしたい』という願いから修行者となって、その方法を、《五劫》というとてつもなく長い間考えられたんだって。劫というのはきわめて長い単位でね、富士山の40倍以上の大きい岩を、100年に一度天女がその羽衣でサラリとサワリ、その岩がすり減って無くなってしまう時間を一劫というんだって。その5倍だから五劫なんだよ。

落語の『寿限無』っていうお話知ってるよね。

「寿限無　寿限無　五劫のすりきれ　海砂利水魚の　水行末　雲来末　風来末　食う寝るところに　住むところやぶらこうじの　ぶらこうじ　パイポ　パイポ　パイポのシューリンガン　シューリンガンの　グーリンダイ　グーリンダイの　ポンポコピーのポンポコナの　長久命の長助」

と長ければいいと思って付けた子どもの名前があんまり長くて、ころんでコブを作った子どもをオヤジさんが呼んでいるうちに、そのコブが引っ込んじゃったという笑い話。

　そのとてつもなく長い五劫の間修行された法蔵菩薩さまは、苦労し過ぎてついに骨と皮だけになってしまった。そのお姿を広島の光西寺っていうお寺のお写真で見たとき、キキのお父さんの骨と皮だけの姿とバッチリ重なったんだ。凄いお姿だった。だからキキは、

　『法蔵さまはキキのお父さんになって、正しい道を示して下さった』

　と考えることができたんだ。君のまわりにもきっと法蔵さまが何かの形になって、君を守っていてくれると思う。ホラ、君が親切にしていたあのガリガリの野良猫の［ガリちゃん］だって、車にはねられて死んじゃったけれど、本当は君の身代わりになってくれたのかも知れないよ。みんなは気がつかないけれど、法蔵さまっていつもすぐそばでみんなを守っていて下さるんだと思う。

　この法蔵さまはついに、『すべての生きとし生けるものを救いたい』という願いを叶えることができて、今では阿弥陀仏という仏さまになっていらっしゃるという。

仏さまのタペストリー

　1995年、7月1日、カナダの国の誕生日に当たるカナダ・デーに、ついに歴史タペストリーが完成してご披露さ

れた。このタペストリーのアイデアが出されてから完成するまでに、10年の歳月が流れていた。この10年という月日は、キキにとって100年分の人生の価値があったように思われた。

　でももしミミズクオジサンが、『もう少し人のためにやってみる』ことを教えて下さらなかったら、キキは今でも心がガリガリにやせた、エゴイストの、我利我利（自分のことしか考えないエゴイスト）亡者になって、必死で長いお箸を自分に向けていただろう。そしてどうしておいしく食べられないのかがわからなくて、ズーッと辛い思いをしていただろうにと、改めてその教えの尊さを胸にジンジーン、シンシーンと感じたのだった。

　このタペストリーの絵をそのまま小さくしたような、24センチワイドの素敵な絵ハガキが、パークス・カナダから売りに出された。それを手に入れたキキが、仏教を勉強している日本のお友だちに送ったところ、
「これって、仏さまの曼荼羅にそっくりだね。凄く心がホッとする。曼荼羅っていうのは人をしあわせに導くものなんだネ」

　と言われて、キキは改めて仏さまの目に見えないお力を感じていた。キキの、ちっぽけな、ままごとのようなヨチヨチ歩きの祈りでも、仏さまは、
『他のために…』

　と念じたキキの心をガッシリと受け止めて、日本のお友

120

だちへと海を越えて運んで行って下さったのだと。

　キキの毎日は、大き過ぎて寒ーいお城の中の孤独で寂<ruby>寂<rt>さび</rt></ruby>しいものから、少しずつ少しずつ、明るくて暖かい春の日差しのように、希望をたたえたものに変わり始めていた。大きな都会からはるか離れた森の中では、神社もお寺もないし、お勉強会もないし、
『他の方々のために』
　と念じるよりほかに何もできないままでいた。けれどもお祈りも唱え方も知らないでいても、神さま仏さまはキキの呼ぶ声に、ミミズクオジサンを通していつも必ず答えて下さった。

トナカイのナーナー

　そんなある晩のこと、キキは変な夢を見た。夢の中で、レオの親しいお友だちのナーナーが<ruby>癌<rt>がん</rt></ruby>になっちゃったんだ。
　ナーナーは立派なツノをもったトナカイだった。それでもライオンのレオとはウマが合って、よくお互いに招待したりされたりと、とても仲がよかったんだ。
　キキは仏さまの勉強をし始めてからというもの、見た夢がいつも本当になってきたから、もしかしてとちょっと心

配になってきた。でもキキが勉強していた仏さまの教えの
ことは、レオにはひとことも話したことなんかないんだよ。
だってね、レオは哲学の本を書いていたし、それも科学哲
学っていう、とてもキキの脳ミソには吸収できないような、
怪物みたいな本だったんだ。

　そしてそれはアインシュタインのソウタイセイ・リリロン
とか、ナントカ・カントカ・セオリーとかってね、言うだ
けでリロリロオリオリとキキの舌がコンガラガッチャウよ
うなものなんだけど、神さまや仏さまのまったくおいでに
ならない世界のことなんだって。だからキキは、心の中に
神さま仏さまをおまつりするだけで、ひとりでお祈りする
だけで、それで十分だって思っていたんだ。

　それから何カ月たったかよく覚えてないけれど、「ナー
ナーが癌になった！」という知らせが入ったんだ。それも
いちばん悪玉の《皮膚癌》っていうのに……。それを聞い
たレオは、もうピンポン玉くらいの大粒の涙をハラハラと
流しながら、
「ナーナーが死んでしまうーっ！　大切な友だちが死んで
しまうガーッ、ガウウーッ！　ガウウーッ！」
　と泣きじゃくって止まらない。キキは心からレオをかわ
いそうに思った。気が強過ぎて、エゴが大き過ぎて、お友
だちの少ないレオだったから、
『ナーナーをどうしても助けてあげたい。レオのお友だち

を助けてあげよう、レオのために！』

　と決めたんだ。ミミズクオジサンのお力を借りれば、キキのおなかのシクシクが消えたように奇跡が起きるかも知れない。キキのおなかのシクシク病というのは《大腸癌》という病気だった。キキのおじいさんも、ひいおばあさんも、おじさんも、そして何人もの従兄弟もこの癌で亡くなっている。

　ひょっとしてキキはその同じ種を、おなかの中に持っていたのかも知れない。その種がみ仏さまのお陰で、完全に消えてしまったのかも知れない。

『ナーナーの癌も消えて欲しい、キキがこんなにも健康になったように。レオの親友を死なせてはならない！』

　そう心から願った。それからしばらくたって、町に買い物に行くという言い訳を見つけて、レオには内緒でナーナーに会いに行った。

「仏さまのお話をしたいんだけれど」

　とキキが言ったら、

「実はボクも霊魂というものを信じているよ」

　と言って下さったので、ソウルメイトのように思えてキキはすっかりうれしくなってしまった。

　それでミミズクオジサンのことや、２メートルもある長ーいお箸の話から、タペストリーの話までして、最後にキキのおなかのシクシクする病気の、すっかり治ったことをお話ししたのだった。あなたにも元気になって欲しいって

言いながら。

　ナーナーはとっても感じ入ったみたいで、
「ありがとうナー！　感謝<ruby>感謝<rt>かんしゃ</rt></ruby>してるよナー！」
　キキには、ナーナーの大きな瞳<ruby>瞳<rt>ひとみ</rt></ruby>がうるんでいるようにも
見えたのだった。ナーナーはキリスト教徒だったけれど、
イエスさまも、み仏さまも、同じお働きをされる方たちな
んだとキキは信じていた。そしてキキがタペストリーのコ
ンクールで経験したように、《他<ruby>他<rt>た</rt></ruby>のために祈る》ことの素<ruby>素<rt>す</rt></ruby>
晴<ruby>晴<rt>ば</rt></ruby>らしさをお伝えしたいと、心から願ったのだった。

　しばらくしてスコシアン・マナーへ、ナーナーと奥さま
のニーニーをディナーに招待した。いつかのお食事会への
お返しのつもりだった。お食事が終わり、レオとナーナー
がソファーの上でコーヒーを飲みながら話しているのが見
えた。そしてキキは、その晩のお食事会が無事に終わった
と思って、ホッとしていた。ところが、ナーナーご夫妻が
お帰りになった後で、レオがまっ赤<ruby>赤<rt>か</rt></ruby>なゆでタコのようにな
って、頭からモウモウと沸騰<ruby>沸騰<rt>ふっとう</rt></ruby>した湯気<ruby>湯気<rt>ゆげ</rt></ruby>を立てながら、
「お前、ナーナーに、何を話に行ったんだーっ！　ガウオ
ーッ！」
「ナーナーはナーッ！　お前が、完全に気の触<ruby>触<rt>ふ</rt></ruby>れた話をし
に来たって言ってたぞーっ！　ガオオオーッ！　持ってる
そのイカレタ本、全部ここに出してみろーっ！　ガガオー
ッ！」

　レオは今までに見せたこともないような、鬼瓦のような顔でキキに向かって突撃してきたのだった。その瞬間、キキの脇の下からチュルチュルチュルーッと、冷たーい汗が流れてきた。一瞬、殺されるかって思ったほどだった。ナーナーの頭に生えてる長ーいツノの木剣で、キキは後ろから、ガキーンと一撃されたような思いだった。

　その夜のこと。胸が押しつぶされたような気になって、悲しくて、むなしくて、眠れなかった。涙がボロボロボロボロと流れてきた。そうしたら、ミミズクオジサンのお顔がホンワリと、キキの涙の中ににじんで現れてきた。いつもは明るくて、楽しくて、おもしろいお話ができるのに、その晩は何もおっしゃらない。キキの目をじーっと見つめて、かすかに微笑みながらうなずかれて、そして、そして、ああ、ミミズクオジサンのおメメにもキラリと光るものが……。ミミズクオジサンは……キキといっしょに泣いて下さったのだった。

　ズーッと後になってわかったことなんだけれど、人の後ろからバッサリと切りつけるような、悲しい態度をとったナーナーは、ほかでも同じようなことをしていたっていうことを。このお話は、ナーナー本人の口からじかに聞いたことなんだけれど……。

　ナーナーは若いころ、フランスのル・フィガロ新聞社のジャーナリストだった。カナダに来てからも本なんかよく書いてて、その中でお友だちのことも書いたんだって。そ

125

のお友だちのカップルは昔、ダンナさまが内緒で、奥さまとは別の人を愛したことがあった。そのことを書いた本を出して、そのカップルに1冊プレゼントしたんだって。そしてその本を読んだカップルは、最後には離婚しちゃったんだよって…。

「あの人たち80才にもなっていたから、もういいかと思ったんだけれど……」

とナーナーがあきれ返ったような顔で、みんなに話したことがあった。それを聞いてキキは思った。なんて哀れなことだろう、80才を過ぎて離婚しなければならなかったこのカップルの悲しみや苦しみは……。やっぱりキキと同じように、ナーナーの長いツノで、後ろからバッサリ切りつけられたように感じたに違いない……。

悲しいかな、それからというもの、レオはナーナーが味方についてますます力強くなってきた。なにか気に入らないことがあると、

「イカレシューキョー、やめろーっ、ガオーッ！」

と大声で叫ぶようになってしまった。キキは一度だってレオに宗教の話などしたことはなかった。心の中で思っているだけで、本なんて見せたこともなかった。レオがどうして宗教に対してこんなにも怒り狂うのかが、だんだんとわかってきた。

レオはこのころ、キキの態度がちょっと変わってきたこ

とに気付き始めていたんだ。前のキキだったら、なんでもレオのするままになっていたし、レオの言うがままになっていた。それが最近は、ハッキリと思っていることを言ったり、ときどきレオが間違っていると、それに対して反対の意見なんかもキッパリと言うようになってきたんだ。

　レオは自分以外のどこかの《馬の骨》か、《タヌキのシッポ》がキキに影響を及ぼそうとしている。そして《コヤツ》がキキの心を盗もうとしているのを感じて、これは危ないと思ってしまったんだ。その上にその《変なヤカラ》がほかでもない、《おかしな、ヤクザの、時代遅れの、インド人の、グルの、マフィアの、気の触れた》ミミズクボーズというイカサマ師なんだって、自分で勝手に決めつけてしまったんだ。

　そういって毎日毎日ののしられて、ズキーンズキーンと痛い、ハリハリのハリのムシロの上に座っているようにキキは感じるようになってきた。その上、

「インチキ宗教！　やめないと離婚するガーッ！」

　と大声でキキを脅すようにまでなってきた。

レオの心の傷

　レオはお父さんに一度も愛されたことがない子どもだっ

127

た。レオが40才になってもまだ、

『お父さんが生き返ってきたァ〜！』

　なんていう恐ろしい夢を見て、うなされたんだって。子どものときに、レオの心に永遠にキズがついちゃったんだ。

　キキは大好きなお父さんが亡くなってからも、

『こんなに素晴らしいお父さんを持って、なんてキキはしあわせだったんだろう！　その反対に、レオはなんてかわいそうな子ども時代を過ごしたんだろう！』

　と思っていたから、キキはその感謝の心をレオに振り向けてあげようとしたんだ。こんなにも自分中心にしか考えられないのは、その深ーい心のキズがもとになって、今でもズキズキ痛むのかも知れないから……。

　だから少しくらいレオにイジメられても、それはレオの心の悲しみがそうさせているのだからと、キキはレオになんと言われても、侮辱されても我慢していた。そうしていたら、キキがどうしても仏さまの教えを捨てないことがわかって、レオはだんだんと攻める手口をパワーアップしてきた。最後には、

「ブッダをとるか、俺をとるか、決めろーガーオーッ！」

　と詰め寄るようになってきた。キキの心は潰れそうだった。こんなにガナリたてるレオでもキキは大好きだったんだから。とても勇敢で、大きな難しい問題でも、なんてことないヤーって、いとも簡単に解決してくれて、キキを守ってくれて、そして、そして、日本のことを、キキのこと

をだーい好きで、愛してくれてたレオだったから。

　でもミミズクオジサンのお陰で、あの底なしの、永遠にドス暗くて悲しいキツネの墓穴が、今ではもうどこかに消えちゃったんだ。きょう死のうか、あす死のうかって、キキがギリギリのガケっぷちにいたところを、ヒョイってなんなく救って下さって、あの門番役のおキツネくんが言っていた、正しいブツドウという道を示して下さったんだもの。あの大切なお父さん代わりのようなミミズクオジサンか、レオか、どちらかに決めるなんてことキキにはとってもできやしない。

　きっといつかはわかってくれる。今はブンブクブンの茶釜みたいに沸騰してしまっている熱が、もう少し冷めれば落ち着いてくるはずだから。

　もし君だったら、こんな時どうする？

キキの自殺

　それからまた月日がたっていった。毎日が相変わらずの、チクチクバリバリのバリのムシロの上だった。

　ある日のこと、レオのあまりの激しいイジメにキキは我を忘れてしまっていた。いつもならぐーっと我慢するのに、

その日は違っていた。キキの全身の血が沸騰してしまって、それがキキのシャレコウべにまで上ってしまったんだ。

　そうなるとキツネの頭というのは、ふだんでもあまり合理的じゃあないのに、今回はシリメツレツのレロレロになっていた。もうダメ。もうこれ以上は我慢できない、限界がきたんだって。死んだ方がよっぽどましだって。キキは決めたんだ。ツリー・スタンドから飛び降りてやるって。

　マナーハウスから200メートルほど入った杉の森の中に、ツリー・スタンドがあった。このスタンドは去年レオが大工さんに作らせたもので、20メートルの高さの梯子と、上には小さな椅子がすえ付けられていた。鹿狩りのシーズンが来るとここに登って、鹿が出てくるのを待つようにできていた。鹿は警戒してあたりをキョロキョロ見回すんだけれど、上を見ることはほとんどないから、レオは木の上からライフルで鹿を射止められるようになっていた。

　そうだ、あそこへ登って頭から先に落っこちれば、アッというまに首の骨を折ってくたばることができると、キキは計算したのだった。ここまで脳ミソが沸騰してくると、もう仏さまが悲しむ、お母さんが苦しむ、キキは地獄に落ちるなーんてことは、まったく１ミリグラムも考えられなくなってしまった。

　ところがおかしなことにキキはどうしてか、死ぬ前にカ

フェ・オ・レが飲みたくなった。

『これを飲んだら、死ぬぞ！　死ぬぞ！　死んでしまうぞー！』

　キキの心臓まで、和太鼓のようにダンダカダカダカとなり打ち始めて、破裂しそうだった。電子レンジの中でコーヒーカップが回っている。グルグルグルグルグルグル……。すると、突然、「バッグワアーン！」という凄い音がレンジの中で起きたんだ。そしてキキはハッとして我に返ることができたのだった。キキのアッツアツの脳天に、誰かがすっごいゲンコツを「バッグワァーン！」と食らわせたような錯覚を覚えた。

　レンジから出てきた耐熱性の、デュラレックスのコーヒーマグには、まっぷたつにヒビが入っていた。このコーヒーカップをキキは今でも大切にして、仏さまのお線香立てにしているんだよ。カップさんありがとうね、キキの頭の身代わりになって割れてくれたんだねって。

　今度君に会ったとき、このカップ見せてあげるよね。

ナーナー生きかえる

　寒さが厳しい１月の終わりの、でも美しい冬の朝のこと

だった。

「ナーナーが、急性のダブル肺炎で、入院いたしましたのー！　病院のふたりのドクターに、もうダメだから家族を呼びなさいーって言われましたのー！　もー、神父さまが、最後のお祈りとお水とりにいらしてますのー！　一体どうしてよいかーあ！　ああ！　ああ！」

　と、完全に取り乱した様子の奥さまのニーニーから電話が入った。すぐにレオといっしょにおうちに駆けつけたんだけど、ニーニーはもう我を忘れてヒステリックになっていた。

「あのドクターなんて大っキライ！　大ウソつきなんだから〜あ〜ああ！　もう、ご主人はダメです、なんて言うんだから〜あ〜あ〜！」

　いつものおしとやかで、冷たいほどのお振る舞いはどこへやら。気が触れたのではないかと思われるほどだった。そしてレオのいないところでキキに、

「あなたのミミズクさんにお願いして〜！　ナーナーを救ってちょうだい〜！」

　ミミズクオジサンにお願いされるんだったら、ぜったいに大丈夫だって、キキは不思議なほどの信頼感を持っていた。それでミミズクオジサンに頂いた１本のおツムの羽をニーニーに手渡して、この羽を握りながら、

『他のために』

　と心からお祈りするようにと言って、その日は家に帰っ

132

てきた。

　その晩のこと、ミミズクオジサンはもうすべてご存じだった。そしてキキに向かっておっしゃった。
「本当に正しい教えとは、そういうものじゃあないよ。ニーニーさんのは叶<ruby>叶<rt>かな</rt></ruby>わぬときの神だのみで、ご利益信心<ruby>利益信心<rt>りやくしんじん</rt></ruby>だから、そういう心は神さま仏さまには通じないよ。仏さまの道を横にそれないで、いつも人のためにと正しく歩んで行って、初めてご褒美<ruby>褒美<rt>ほうび</rt></ruby>がいただけるんだよ」
　それでもニーニーに約束したんだって、キキが半ベソをかいているのをご覧<ruby>覧<rt>らん</rt></ruby>になって、
「それでは今晩が山だから、お祈りに入ってみましょう。不思議なことが起きるでしょうから」
　と願いを受け入れて下さった。そしてその翌日のこと。キキはもう一度、ニーニーのおうちに急いで戻って行ったところ、
「ナーナーの容態が峠を越した」
　って。そして不思議な話をしてくれた。
「ナーナーがきのうの夜、とっても不思議な夢を見たって話してくれたのよ。ナーナーは夢の中でアラブの王さまだったの。そして敵の国と戦争<ruby>戦争<rt>せんそう</rt></ruby>をしていたの。そうしたら、自分が肺炎になってしまって、それでその敵の国と和解するためにとても高価なお香を相手の国に贈って、それで平和が戻ってきたっていう夢を、何度も、何度も、夜じゅう

133

見続けたの。そして朝が来て、意識が戻ったのよ！」

　それを聞いて、キキはあまりのうれしさに胸がいっぱいになってしまった。ナーナーは、昔アラブの国に住んでいたことがあった。そしてミミズクオジサンはきのうの夜じゅう、とても高価なお香をたいてナーナーのために祈って下さったのだった。

　喜びと感謝で、天上にマイマイマーイとマイ上がってしまったキキに、ニーニー奥さまは続けておっしゃった。「マアー、なーんてキリスト教は素晴らしいんでしょうねえ！　イエスさまはナーナーをお救い下さったのよ！　ほんとうの奇跡が起きたのよ！　アアー、なーんと有り難いことでしょー！」

　それでキキはコロコロコロリーンと、現実の地上にコロガリーン落ちてきてしまって、キキの脳ミソもいっしょにひっくり返ってしまった。

　でもやっぱり、それでよかったのかも知れない。ミミズクオジサンとイエスさまは同じお働きをされて、天の上の上の、光のまんまん中まで祈りを運んでいかれたのだと、キキは考えたのだった。

　それから何年かが過ぎていった。それはアズキ豆サイズのキキの脳ミソが、どうにかこうにか、オタフク豆のサイズに育ち始めたころだった。ミミズクオジサンはキキに向かっておっしゃった。

「一度も仏教を勉強したことがない人には、み仏の大きな慈悲はわかりません。輪廻といって、人は何度も生まれ変わってこの世に戻ってきます。この世で生きる目的は、苦しみを乗り越えて本当のしあわせになることです。み仏さまはしあわせの代わりに苦しみを下さいます。そしてそれを乗り越える力も。

　ナーナーさんはあの日に、死ぬという悲しい運命を背負っていたのかも知れない。そして愛するご主人を亡くすという苦しみを通して、ニーニーさんは本当の仏教に出会えていたかも知れない。あの日に起きた不思議なことは、ナーナーご夫妻をどうしてもお助けしたいという、あなたの必死の思いをみ仏さまが憐れに思われて、あなたに見せてくださった奇跡ではなかったでしょうか……」

　そういえば……、とキキは思い出していた。以前、ニーニーが黒いワンピースを着て、一生懸命に仏教を勉強している夢を見たことがあった。そのときはどういう意味かわかんなかったけれど、ひょっとしたらニーニーの黒い服は喪服だったのかも知れない。大切なご主人を亡くすという苦しみを通して、初めてニーニーは、み仏さまのみ教えに出会えていたのかも知れない。その仏さまとの大切なご縁を、キキがぶちこわしちゃったんだ。

　どうしてもナーナーを救って上げたいというキキの思いは、おせっかいの、頭デッカチの、勇み足で、だからキキ

の脳ミソがひっくり返っちゃったのかも知れないなぁ……。
ごめんネ、ニーニーさん。でも、こんなことって誰にでも
あるよね。君だったらどうしたかな？

チチが撃たれた

　レオはその昔アフリカへ、ライオンや、ワイルド・バッ
ファロー、アンチロープ、それにゾウまで探しに出かけて
行ったという、世界的なハンターだった。
　ルーマニアのカルパット山で射止めた大鹿は、世界一長
いツノを持った鹿であるという証明書まで持っていた。そ
れに、世界記録を持つハンターの名前がズラズラ載った
『ローラン・ワード・アフリカ』というぶ厚い本には、フ
ランスのジスカール・デスタン大統領や、ロスチャイルド
男爵の隣に、レオの名前も見ることができた。
　そんな大型の獲物を追いかけていたときよりももっと楽
しいのは、カナダの冬の野ウサギ狩りだとレオは言ってい
た。それというのは、まずビーグルというとっても鼻の利
く犬が野ウサギをかぎつけて、ワンワカワンワン吠えなが
ら走り出す。その犬のワメキ声を何人かのハンターが聞き
ながら、適当な場所で待ち構えて、逃げて来るウサギを撃
ち、仕留めるという、チームで行なうハンティングなんだ。

　キキのおうちにはね、チチとピトゥっていう名前の2匹のビーグル犬がいた。チチっていうのはね、お父さんのことじゃあないよ。フランス語に［チチ・パリジャン］という言葉があって、これは［パリっ子・チチ］という意味なんだ。日本でいったらちょうど［江戸っ子・トラさん］のようなイメージかなあ。そしてピトゥっていうのはね、1980年代にカナダで作られたぬいぐるみのお人形のことで、ハリウッドのアニメにもなったワンちゃんの名前なんだよ。カナダでは今でも『ボクの犬』って言う代わりに、『ボクのピトゥ』と言うことがあるんだ。ホラ、日本でも『ボクのハチ公』って、自分の犬のこと言うでしょ？

　ある朝、レオは友だちを招待して、野ウサギ狩りに出かけることになった。いつもの2匹のビーグル、チチとピトゥを連れて。キキはふたりに、
「きょうは、雪が降っているから気をつけて下さいね。雪をかぶったイヌを、白いウサギと間違えないように」
　と事故が起こらないように、特に念を押しておいた。
　ウンウンとうなずいて、ふたりのハンターは出かけて行った。そして10分も経たないうちに、付き添いのマチュウくんが、大あわてでマナーハウスに駆け込んできた。
「チチが……撃たれたーアアアッ！」
　キキが本当の子どものようにかわいがっていたチチは、マチュウくんに抱えられて、ぐったりとして戻って来た。

137

レオの友だちが間違えてチチを撃ってしまったんだ。レントゲンの結果は、

『ショットガンのタマが1ダースくらい、チチの体に入っている。その中の1個が脊髄の中に入ってしまっている』

ショットガンは撃つと、200くらいの小さな鉛のタマが放射状に発射されて、遠くにいる獲物にも当てることができる。チチはそのタマを受けてしまった。

一瞬、キキは目の前がまっ暗になって、頭の中がまっ白になった。心臓がドックンドックンと音が聞こえるほど鳴り初めた。でもキキは信じていた。ゼーッタイに仏さまが助けて下さる。今まで、どーんなことがあっても、いつでも、いーつでも、ミミズクオジサンがキキを救って下さったんだ。

今度も、必ず、かならーず、奇跡が起きる。チチを助けて下さる！　キキはそう固く信じていた。チチはビーグル犬の中でも特に美人で、おもしろくて、かわいくて、キキのもっとも愛していた子だった。そのいとしいチチがこんな形で死ぬなんてことは、キキには考えられないことだった。絶対に受け入れられないことだった。だから『仏さまアレルギー』のレオの前でも、

「かならーずホトケさまが助けて下さるから～っ！」

とハッキリと宣言してしまったほどだった。

でも結果は絶望的だった。チチの体は完全に麻痺してしまっていた。二度と歩くことはできないと言われた。ウン

138

コもオシッコもできないと言われた。チチは注射されて永遠の眠りについた。

　レオは事故が起きたとき、その友だちのアゴに強烈なパンチを食らわしてしまった。そして裁判所にまで訴えた。友だちとは絶交してしまった。レオは悲しかった。毎晩、悪夢でうなされると言っていた。キキも涙がカラカラになるほど泣いて、空しくて悲しくて、どうしていいかわからなかった。でもとても不可解だった。キキはみ仏さまにズーッと問いかけていた。

『どうして？　どうして奇跡が起きなかったのでしょうか？　キキはいつも、いつも、心から仏さまを信じていました。キキはいつも、いつも、いい子でした。それなのにどうしてこんなことが……？』

　キキには信じられなかった。なぜこんなに悲しいことが起こったのか、どうしてもわからなかった。そして何日かが経っていった。

　キキはあの事故の日に着ていたレオのＴシャツを洗濯した。洗う前には気がつかなかったのに、洗い終わったシャツの背中に、いくつかの血のあとがはっきりとテンテンとついていた。１ダースあった。まったくチチの事故のときと同じように。すぐにレオの背中をチェックしてみた。怪我でもしたのかナって。何ともなかった。かすり傷もなか

った。

　突然キキの小さな脳ミソが沸騰してしまった。ピーンと
きたんだ。

『ああーっ！　そうだったんだ！　やっぱり！　そうだっ
たんだ！』

　キキはすぐに何が起こったのかわかった。本当ならレオ
が撃たれるはずだったんだ。そして、レオの体は永久に麻
痺してしまうところだったんだ。

　その晩ミミズクオジサンは、キキに、やさしく、あたた
かく、溢れんばかりの慈悲のこもったお声でおっしゃった。
それは今朝、キキの脳ミソにピーンと来たことを裏付ける
ものだった。

「大きな苦しみを、小さな苦しみにすり替えていただきま
したね。み仏さまは無慈悲の慈悲で、あなたのとても大切
にしていた、かわいいチチの命をうばわれたんですよ。こ
の事故を通して、これからもみ仏さまを信じて、正しい道
を歩んで行って下さい……」

　キキは思い出していた。レオの大好きな、とても仲良し
だった従兄弟のヴィクトールが、ある日間違ってピストル
で撃たれて死んでしまった。レオはヴィクトールと同じ運
命を持っていたのかも知れない。そして、死ぬか、体が永
遠に麻痺してしまったのかも知れない。このみ仏さまの無
慈悲の慈悲を、この日キキは、心にふかーくふかーく、永
遠に刻み付けたのだった。

『やっぱり、奇跡を起こしていただいた！』と。

　この日からキキはどんなにブスの犬がいても、

『ああ、この犬はいつかご主人の命を救って下さる、神々しいお犬さまかも知れない』

　そう尊敬のマナコで眺めるようになった。ホラ、やっぱり君のかわいがってた野良猫［ガリちゃん］も、君の身代わりになって車にひかれたんだと思わない？

　ガリガリの法蔵さまがガリちゃんになって、君を救ってくれたんだ。きっとそうだよ。そう思うことで悲しみとウラミの心を、喜びと感謝の心に変えることができるんだよね。

キキとチチ

レオの怖い夢

　レオはこのころ、心臓の調子がちょっとおかしいと言っていた。不思議なことに、2〜3日前からマナーハウスの前の道にエンコして停まっていたダンプカーが、どうしてか突然燃え上がってしまった。それでレオは大あわてで階段を駆け下りたときに、貧血を起こしてひっくり返ってしまった。

　ダンプカーの火事を消すために消防車が来たり、レオのために救急車を呼んだりと、一時は大騒ぎになった。何年もの間、眠れる森の美女のようにウツラウツラとお船を漕ぎながら、ノンビリとうたた寝していたような静かなマナーハウスの前に、野次馬が何十人と集まって来た。こんなに静かな国の、こんなに静かな森の、こんなに静かなところへ、こんなにうるさくたくさんの人間が、こんなにウジャウジャと、どこから湧いてきたのだろうとキキがびっくりするほど人だらけだった。

　レオは心臓麻痺を起こしかけていたと病院で言われた。そして10日間の絶対安静をドクターから言い渡された。

　病院はマナーハウスから100キロ離れた、ヤーマスとい

う町にあった。ここにはアメリカのボストンに1時間で行ける国際飛行場や、ポートランドからのシャトル船の着く港があった。またこの町は、北大西洋の海に面した、豊かで美しい大きな漁港も抱えていた。キキは毎日レオのお見舞いに通った。

　そんなある日レオが、とっても変な夢を見たと言って話をし始めたんだ。レオの顔がなぜか青ざめていた。ある晩レオの耳に讃美歌のような、祈りのような歌声が聞こえてきたんだって。病院にはチャペルがあったから、今夜は何かのお祈りがあったのかって、看護師さんに聞いてみた。なーんにもない日だった。それじゃあ、換気扇のパイプが変な音を立ててるのかなあって。それでもなかった。その不思議な音は、ずーっとレオの耳から離れなかった。そして、レオはその夜夢を見たんだって。
　たくさんの人が歌を歌っていた。みんな、中世時代のキリスト教のおボーさまのように、とんがり帽子のついた長ーいケープをはおったダネ（つみびと）だった。そしてレオにはハッキリ聞こえたんだって。みんな懺悔の歌を歌っていたって……。キキはそれを聞いて、ピーンときた。そしてゾーっとしちゃったんだ。そこでレオに聞いてみたんだ。
「何人ぐらいの人がいたの？」
「100人以上いた」

「男の人だった？　それとも女の人だった？」

「ぜんぶ……男だった」

　キキにはハッキリとわかったんだ。レオのご先祖の方々だって。レオのお父さんもそしておじいさんも、とても厳しい人だったってレオが言っていた。だから、お母さんもおばあさんもとっても苦しんだんだよって。

『レオの家の歴史は、男の人が女の人をいじめるという運命になっていたんだ。だから、男の人が死んでから地獄に落ちて、後悔して、懺悔の歌を歌っているんだ。それは誰のせいでもない、レオの家の因縁によって、その悲しい運命によって、みんな操られてきてしまったんだ……。レオのイジ悪もレオのせいじゃあなかったんだ！』

　レオは200パーセントの無神論者で、絶対に神さま仏さまを信じないと言っていた。でもどんなに信じなくても、聞こえなくても、知らない振りしても、いつでも、どこでも、誰でも、天から命と光とをいただいて、メッセージをいただいて生きているんだ。ただ気がつかないだけなんだ。アンテナが立っていないだけなんだ。レオの怖い夢は、天からの、そして地獄からのメッセージだったんだ。

『人にやさしく、いただいた命を大切に、楽しく生きるんですよ』

　というみ仏さまからの、そして閻魔さまからのサインだったんだ。それからもレオはときどき、

「あのダネ（つみびと）が……」

　と、あの悪夢を思い出しているようだった。

　あんなに怖いもの知らずのレオが、こんなにもおびえたような顔を見せるのは、よっぽどの悪夢だったのだとキキはレオが本当にかわいそうになってしまった。だからみ仏さまに誓（ちか）ったんだ。

『絶対にレオをこの懺悔の男のグループには、入れさせないゾー！』って。

『キキが命をかけてもレオを守ってやるゾー！』って。

　レオはその後、ハリファックスの総合病院で、心臓の弁を取りかえるという大手術をして、完全に健康を取り戻すことができたのだった。

テレビ朝日

　ある日、日本のテレビ朝日の関係者から連絡が入ってきた。ワンダフル・カナダというテーマで、カナダの東海岸を中心にルポルタージュを作りたいということだった。そしてその中に、日本人アーチストとして生きるキキの生活のシーンを入れたいというリクエストだった。

　このテレビ会社のプログラムが可能になった背景には、ひとりの日本人の大きなパワーが隠されていた。その方は永戸一孝（ながとかずたか）さん。カナディアン航空会社の日本のディレクタ

147

ーさんだった。とてもアイデアマンで、ワインのボージョ
レ・ヌーボーをヒントにオマール・ヌーボー（フレッシ
ュ・ロブスター）のお祭りを作ったり、ことにハリファッ
クスと函館を姉妹都市にしたりと、日本とカナダの、大き
な架け橋になって下さった方がいらっしゃったことをキキ
は忘れない。

　ケベックのマドレーヌ諸島から始まったこの取材<ruby>取材<rt>しゅざい</rt></ruby>は、ノ
バスコシアのアナポリス・ロイヤル市に移って、キキのデ
ザインした歴史タペストリーも含まれていった。その後テ
レビのスタッフは、キキの住むスコシアン・マナーへ来る
ことになった。キキのアイデアでこの土地のスペシャリテ
（特別料理）を用意するということになった。キキは少な
い脳<ruby>脳<rt>のう</rt></ruby>ミソをフル回転させて、
《野生の鹿のもも肉ロースト、クマのシチュー・ブルゴー
ニュ風、ノバスコシアンスタイル・ウニのスフレ、野ウサ
ギのカレーライス、ボイルド・ロブスター・ア・ラ・マヨ
ネーズ、そして、タラのアイオリ・プロバンススタイル
…》

　と何点もメニューのお品書きを並べたところ、スタッフ
さんは《野ウサギのカレーライス》を選ばれた。キキもな
ぜかホッとした。このルポルタージュのナビゲーターは、
リリーさんというとっても素敵<ruby>素敵<rt>すてき</rt></ruby>な、とってもかわいい、日
本の有名な女優<ruby>女優<rt>じょゆう</rt></ruby>さんだった。《釣りバカ日誌》という映画
にも出られたとキキは聞いた。

148

　この取材をきっかけに、キキはリリーさんと友情を温めていくことになるのだった。

日本人の世界最高パワー

　ミミズクオジサンに対する、レオの怒りの炎を少しでも鎮（しず）めるために、キキは一時日本に里帰りすることにした。この季節は、レオが一番楽しめる鹿や野ウサギ狩りのシーズンで、キキがいなくてもレオは結構（けっこう）エンジョイしていた。レオはまた、かわいい雌（めす）のビーグル犬のチチ・セカンドを手に入れていた。料理が苦手のレオのために、フリーザーにいっぱい、２カ月分のレオの好みのお料理を作ってタッパーに入れておいた。レンジでチンすれば、すぐにも簡単に温められるように。フィッシュスープ、鹿のシチュー、野ウサギのパテー、鴨のソテー、ゆでたロブスター、ウニのスフレ……など。レオの大好物のクレープも、何枚も焼いておいた。そしてキキは日本へと飛び立った。

　日本滞在中（たいざい）は、毎日誰（だれ）かに会っていた。家族はもちろんのこと、友だちと、その友だちの友だちと、そしてキキのパリ時代にスポンサーになってくれた友だちと、そのまたまた友だちと……と延々と続いていった。ひとりぽっちで

寂しいカナダではとても考えられないことだった。その中で、ある日本画家の方がキキを見るなり、

「あーっ、ほんとうにビックリした。人相がすっかり変わってしまってる！　観音菩薩さまのような顔になってる！」

ととても驚いたように言われた。このときキキは確実に、あのウス暗いキツネ穴が、キキの意識の中から消え去っているのを、心から信じられたのだった。

この日本画家の方は、いっしょに個展をしませんかとキキを誘って下さった。そしてこの方からそのお友だちに、そしてそのまたお友だちにとドンドン話が進んでいって、最後には東京の大丸アートギャラリーまでたどり着いていた。

キキはこの日本の人脈のパワー、団結とネットワークパワーの素晴らしさに舌を巻いていた。そしてまた、そのスピードの速さにも。

岩田部長さん

このネットワークパワーのお陰で、キキはついに日本のアートワールドのトップにいらした、大丸の岩田正崔部長さんとお会いすることができた。そして、キキのアート作

品のことをお話しするキッカケができたのだった。

　キキが日本に帰ってきたのは、キキのアートを宣伝するためではなかった。レオの、いつ噴火するかわからない火山の中の、カッカと燃え上がった怒りのマグマを鎮(しず)めるためだった。だからキキは１点もアート作品を持って来ていなかった。そのことは考えてもいなかった。持っていたのはお母さんに見せるための、ほんの数枚の写真だけだった。岩田部長さんはおっしゃった。

「今までに、アーチストの作品を見ないで、展示会をオーケーしたことはありません」

　そして、

「才能があるだけではよい作品はできません。芸術大学の生徒はすべて才能を持っています。でも才能以外に大切なものがあります」

　部長さんは、さらに続けておっしゃった。

「あなたはその大切なものを持っていらっしゃる。今度初めて、計算なしで作品展をオーケーします。今回は道楽でやりますから、いつでもお好きな日を選んで下さい」

　キキは、ミミズクオジサンの大きな背中をはっきりと感じていた。目に見えない、力強い後押しを感じていた。それが天の中心から、やさしい恵みの雨のように、惜しみなく降り注いできていた。キキひとりの力なんて１ミリグラムもなかった。それはやっぱり美しい心を持ったお友だちが、あの２メートルもある長ーい長ーいお箸(はし)を使って、キ

151

キの鼻先目がけてこのチャンスを運んできてくれたんだと
思っている。

　キキは改めて、み仏さまの天国と地獄の長ーいオハシの
オハナシを思い出していた。

大丸でアートショー

　キキは岩田部長さんのお言葉に甘えて、東京・大丸ギャ
ラリーでの作品展を、1996年の9月に決めた。そしてこの
キキの展示会は、10月の名古屋のサンゲツ・ギャラリー展
にもつながって行くことになった。

　部長さんはたくさんの、とても貴重なアドバイスをキキ
に下さった。カナダ大使館や領事館にスポンサーになって
いただくこと。新聞社や雑誌社に連絡を取って、取材に来
ていただけるようにお願いすること。そしてこの作品展の
名前はタペストリー・アート展にするとよい、など、など。
グリーンピースの豆粒くらいの大きさのキキの脳ミソでは、
とっても思いつかないアイデアばかりだった。

　東京大丸は最も中心地の東京駅の中にあったため、タペ
ストリー・アート展にはたくさんのお客さまが訪れてくれ

た。入り口には、カナダ大使館主催と書かれたパネルが置かれた。キキはこんなにたくさんの人に会ったことも話したこともなかったから、最初は田舎のネズミのように、チョロチョロ、オドオド、ドギマギしていた。

でもそのうちに、『カナダからの花だより』のテーマを見て、カナダが好きな人、お花が好きな人、ファッションの好きな人たちとおしゃべりがはずみ、ときにはキキとお話ししたいという方の、行列ができるほどになっていた。

ある日、新聞社の方がいらっしゃった。岐阜新聞の東京支社長の方だった。キキが岐阜の出身だったから興味を持たれたようだった。お話をしているうちに、ナーント！ふたりともビーックリギョーテンしてしまったんだ。おたがいに岐阜北高校の出身だった。そしてふたりとも演劇部に所属していたんだ。支社長さんはクラブの後輩だった。奇跡がまた起こったとキキは思った。そして奇跡はまだまだ続いていった。支社長さんはキキのアート展の記事を、素敵なカラーで、岐阜新聞にもの凄くでっかく載せて下さった。

そのあくる日もとっても素敵なサプライズが起こった。カナダ東海岸のルポルタージュに来られた女優のリリーさんが、とってもかわいい妹さんを連れて、キキの展示会を訪ねて下さった。

あのルポルタージュの取材以来、リリーさんとは文通を通して友情を温めて来ていた。リリーさんは『南国の夢』という、キキのとても気に入っていたタペストリーを買って下さった。そうすると急に、この『南国の夢』のタペストリーが、中でも一番素晴<ruby>晴<rt>す</rt></ruby>らしい作品になってきてしまった。

　みなさんも、
「ああ、やっぱりこれがいちばん素敵！」
　とおっしゃっていた。

子ウサギさんの悲しみ

　東京大丸さんでの個展が大成功に終わり、場所が名古屋のサンゲツ・ギャラリーに移った。ここではカナダ大使館<ruby>大使館<rt>たいしかん</rt></ruby>ではなく、カナダ領事館<ruby>領事館<rt>りょうじかん</rt></ruby>後援となった。領事さんは、美しくおやさしそうな奥さまとともに、キキの会場を訪れて下さった。とても楽しい方で、日本製のサムエ（作務衣）を着て来られて、
「日本のサラリーマンさん、こーんなに着やすーい、日本のサムーエを身につけないのは、とーっても残念デース！サムーエときだけじゃーなくて、アツーエときにこそサムーエを着ましょー」

とジョークを飛ばされていた。

　この会場に、ある日ひとりの子ウサギさんが訪ねて来た。とっても小さくて、ホソホソで、くらーい、かなしーいイメージがかもし出されていた。ひょっとして子ウサギの幽霊ではないかと思ったほどだった。でも足を見たらちゃんと４本あった。

　足があってもなくても、大切なお客さまが来てくれたとキキはとってもうれしくなって、次から次へとお話をしていった。カナダの大自然の素晴らしさ、小鳥やリスや、小動物の愛らしさ、かわいい野ウサギさん、可憐な野生の花々のことなど。そしてそれらをテーマにして作ったアート作品だということ。その子ウサギさんは、ひとことも口を利かないで、最後に消えてしまいそうな小さな声で、

「ありがとう……」

　とだけ言って、お母さんらしき方と帰って行った。

　１週間が過ぎて、キキは１通の手紙を受け取った。あのかわいい子ウサギさんからだった。その子ウサギ・ララさんの手紙には、１年前にとっても悲しいことが起きたこと。それ以来、一歩も家を出ていないこと。死んでしまいたいと何度も思ったこと。タペストリー・アート展を雑誌で知って、初めて家から出たこと。そうしてキキの話を聞いているうちに、もう一度、頑張ってみようと思い直したことなどが、綿々とつづられていた。

どんな辛いことがあったのかは、キキにはとても想像がつかなかったけれど、ララさんはキキの作品を見て、キキの説明を聞いているうちに、生きる勇気が湧いてきたんだ。

　これはキキの力だけではなかった。

『他のために、もう少し人のためにとやってみる』

　そう教えて下さったミミズクオジサンのお言葉のお力、そして天の中心からサンサンと降り注いで来る光の雨のお力を、キキがタペストリーに縫い込んで行った。それをララさんがガッチリと受け取ってくれたんだ。

　その後もララさんとの文通は続いた。ララさんは、ルピナスなどカナダの花々を育て始めて、かわいいアルバムにしてカナダのキキに送ってくれた。そしてドンドン元気になって来るのが手に取るようにわかった。

　その１年後、岐阜のギャルリ・ノバスコシアで開いたキキの作品展に、再び訪れたララさんは別の人のように見えた。１年前の面影はなく、サンサンと光り輝いて、とっても美しいウサギさんになっていた。そして、

「コスモスの花が大好きです」

　とおっしゃって、ララさんの似顔絵かと思えるほどよく似た『コスモスのひと』というテーマの作品を買って下さったのだった。

　ララさんの身の上に起きた悲しいこととは、初めて生ま

156

れたかわいい赤ちゃんを亡くすという悲劇だった。ララさんはキキの作品を見て、その中に縫い込まれた、大いなるものからのメッセージを確実に受け取って、その悲しみを乗り越えて行って下さったのだった。

岐阜の一番小さなギャラリー

　大丸さんとサンゲツさんでのアートショーが終わり、キキはホッとしていた。大きなお荷物をやっと肩から下ろせたという安堵感だった。

　もう日本での滞在の日数は残り少なくなっていた。あとはお母さんにゆっくり甘えて……、などと考えていた。そうしたら名古屋のサンゲツ・アートショーに来て下さったお友だちから、

「岐阜でもショーをやって欲しいんだけど。やっぱり、海外で活躍している岐阜出身のアーチストには、みなさん興味を持たれると思うから」

　と言われてキキは、なんとなく故郷のために、ひと肌も、ひと毛皮も、脱がなくてはならなくなったように感じていた。

　そのお友だちは岐阜のとっても小さなアートギャラリー

157

にキキを連れて行ってくれた。そのギャラリーはスペース・スミといって、ほんとうに小さなスペースを工夫して、ありとあらゆるアート作品やクラフトものが飾ってあった。カフェテリアまであった。4人座ったら、お店がいっぱいになるというテーブルがひとつ置いてあった。

　キキが、

『こんな小さなスペースでは、キキの大きな作品なんて展示できないんじゃあなかろうか?』

　などと心配することはまったく無意味だった。それが日本人の馬力というか、底力というか、団結力というか、キキが、『アレヨアレヨ』と目をパチクリしている間に、キキの作品展の会場が作られ、飾りつけが終わってしまった。

　このスペース・スミのお客さまや、常連さんや、メンバーさんというのが、とっても変わった、オモシロイ、ありとあらゆる人間社会の方々が、モザイクのように交じり合って、それ自体がとてもチャーミングな雰囲気をかもし出していた。アーチストはもちろんのこと、普通の家庭の奥さまから、トップクラスの会社のビジネスマン、おしゃれな大工さん、お寺のお坊さまもおいでになった。それは多分に、このスペースのオーナーさんの人間的な魅力が、一番の原因だったように思われた。

　ある日このスペースに、病院の院長先生がお越しになった。この方もこのスペース・スミのお得意さまのようだっ

た。あっという間に、キキの展示品の中の一番大きい、一番高い、『ラ・ダーム・ア・ラ・リコルヌ』（貴婦人と一角獣）という作品をお求めになった。パリのクリュニー美術館にある『貴婦人と一角獣』のタペストリーからヒントを得たこの作品は、キキもとても自信を持っていたタペストリーだった。この作品は、笠松病院というところにディスプレイされることになった。オーナーさんはその場で誰かに電話をすると、5分ぐらいで、

「今、柳ケ瀬のバーで飲んでたんだヨー」

　と言って、大工さんらしき方が駆け込んで来られた。そして3分くらいでこの、『リコルヌ』のタペストリーのための、ディスプレイ・カバーが作られることに決まった。こんなことはカナダでも、フランスでも、とっても考えられないことだった。特にフランスでは、キキのベッドルームの小さな窓を取りかえるだけに、11カ月が必要だった。その上に、院長先生は個人的に、『アイリスむすめ』という作品もお求めになったのだった。そして何人もの方から、作品の注文もいただいた。

　日本の一番小さなギャラリーで、一番たくさんキキの作品が売れたということだった。

正式な離婚？

　日本でのアートショーも無事に終わり、キキはカナダに戻ってきた。レオの怒りの火山が少しは鎮まったかと思ったのもつかの間、レオ・マグマの攻撃は、相変わらず続いていった。

　キキは、もうやむを得ず選ぶことにしたんだ。ミミズクオジサンか、レオかって……。

『仏さまとともに生きて行こう。神さま仏さまはキキの心の中にいらっしゃるはずだから。この心を美しく持ち続ければ、レオのことも本当の意味で愛することができるし、レオもいつかはきっとわかってくれるから』

　キキはついに決めたんだ。そうしてドキドキしながらも、レオにそのことを伝えた。そう言ったら想像してた通り、

「ガガオーッ！　ガガオーッ！　ガガガガオーッ!!」

　って天井まで飛び上がって、かんしゃく玉を破裂させたのだった。

　そしてレオの取った態度とは、フランスの弁護士に電話して、フランスでキキと離婚をするということだった。どうしてカナダで離婚の手続きしないのかって？　それには理由があった。カナダの法律は女の人をとっても保護する

160

ようにできていた。もしカップルの離婚が決まったら、女の人が正式な奥さんであろうと、ガールフレンドであろうと、6カ月以上いっしょに生活していれば、その女の人はご主人の半分の財産を受け取れるという決まりになっている。けれどもフランスにはそんな法律はなかったから、レオは自分の財産を守ることができたんだ。

　カナダとは、何の関係もなくなっちゃうんだ。こうしてレオとキキは、フランスでひっそりと結婚したように、今度もフランスで、誰にも知られないでひっそりと離婚をしたのだった。こうして正式に離婚が成り立ったんだけれども、レオとしては絶対にキキと離れたくなかった。キキのことを大好きだったんだけど、ただ単にキキを、あの危険なマフィアから引き離すためにしたことで、レオは、

「ずっとこのまま、いっしょに生活しよう。何も変わったわけじゃあないよ。ただキキがあのマフィアと手を切れば、またもう一度結婚しようネ」

　と何度も言っていた。キキにとっても、レオのことを心から愛していたから、すべてを受け入れて離婚しただけで、レオと別れてとてもひとりでは生活なんてできっこないと思っていた。

161

ガールフレンド募集

　こうしてまた月日が経って行った。もう離婚したからレオの心は鎮まったかと思いきや、キキの心からミミズクオジサンを追い出そうとするレオの態度は、ますますエスカレートしていった。

　最後に取ったレオの作戦はというと、ガールフレンド募集だった。フランスにシャッシュール・フランセという、狩りや釣りが好きなフランセを的にした雑誌がある。狩りをするためのライフルやショットガン、山や川や、海で使うブーツとかジャケット、コンパスやナイフ、キャンプのときの必要品など、お鍋やお釜にいたるまで、売れるものは何でもゴザル、ザルまでゴザルという通信販売用の雑誌なんだ。

　その中でも特にこの本が知られているのが、プチ・アノンス（広告）の出会いサイトコーナー。そこへレオは『ガールフレンド募集』の小さな広告を出したんだ。

【400ヘクタールの森にある、お城の持ち主。狩りと釣りが好き。科学哲学の本を書いている、カナダに住む独身のライオン。若くて美しいフランセーズを募集】

　という内容のものだった。

　その広告が載るや否や、たくさんの女性の手紙が写真入りで、レオ宛てに送られてきた。中には男爵夫人まで入っていた。ジャガイモじゃあないよ、本当の貴族の方だった。

　レオは最初、単なるジョークのつもりで、キキの心をミミズクボーズから引き離すだけがお目当てだった。でもこんなにもたくさんの、若くてセクシーなフレンチ・ガールが、われ先にとレオの足元にひざまずいて来たように思えてしまったんだ。レオの毎日が、ガールフレンドの候補者選びと、その方々への返事を出すことに集中されてきた。ときどきチャーミングなフレンチ・ガールに当たると、その方の写真をキキに見せながら、

　「この子はとても素敵だなあ。きっと気の触れたような仏教なんかやってないから、ボクとはうまくいくと思うよ」

　なんて言いながら、キキにその方の写真まで、ホラホラと無理やり見せつけるようになってきた。そしてランデブーのために、何度もパリへ実際に会いに行くようになってしまった。もうレオとは正式に離婚していたから、レオのすることは法律に違反したことじゃあないとわかっていたけれど、キキはそういうレオを見ながらオロオロしてしまって、心が潰れるような思いをしていた。

　ある日のこと、レオはまたフランスから手紙を受け取った。そしてその中の写真を見た途端に一目ぼれしちゃったんだ。レチシアっていう人からだった。その人には小さな

男の子がいた。それからはほとんど毎日、電話でのおしゃべりが始まった。そしてついにキキに向かって、
「好きな人ができたんだ。ここに来たいそうだ。それでなんだけれど、いつこのマナーハウスを出ていってくれるの？」
　と平気で聞くようになってしまった。レオはいつも、ずーっとここにいてもいいよ、いつかまた正式に結婚しようねなんて言ってたから、それを信じていたんだけれど。やっぱりキキが間違っていたのかなあ。そして、そんな手紙と写真だけで知り合った人は、注意しなきゃいけないってキキが言っても、レオは聞く耳持たず。キキに罰を当ててやるんだとばかりに、堂々とやりたい放題（ほうだい）だった。
　　君だったらこんな時、どうする？

　キキはこの数カ月のレオの態度に、心がズタズタになっていて、心臓がへんてこりんなペースで打つようになってきていた。
『ドクッ、ドクドクッ、ドック、ドック、ドクッ……、ドクッ』
　と……。
『ミミズクオジサン、やっぱりこの家を出た方がいいのでしょうか？　レオがいつかはわかってくれるって、今でもそれを信じてるんですけど……』
　本当のところキキはそう言って尋（たず）ねながら、いつかはわ

かるときが来ますから辛抱なさい、頑張りなさい、なんて
いうお答えを、心の底で待っていた。でもその晩のミミズ
クオジサンのお返事は、冷たいほどハッキリしていた。
「ご主人は、いつまでたっても今と同じです。裁判には持
って行かないように。もしおうちを出るのなら、ご主人が
『あげる』とおっしゃるものだけ頂いて出るように」

　もしミミズクオジサンがおいでにならなかったら、『キ
キの若くて貴重な20年間を無駄に過ごした』というウラミ
ツラミの心で、裁判になっていただろう。そしてここでの
しあわせな思い出の方は、きれいサッパリと消え去ってし
まっていただろう。でも『他のために』と思う心は、相手
を許すことができて、自らも苦しみの罠へ落ちるのを防げ
る、摩尼の宝珠（魔法の玉）なんだって思うことができた。
だからキキはレオに向かって勇気を出して言うことができ
た。
「これからパリのガールフレンドに会いに行くんでしょ。
もしキキがここにいたらその人来られないでしょう。そう
したらかわいそうだから、レオがパリにいってる間にこの
おうち出ていくから、ベッドとか、持っていってもいいも
の教えて」
　ベッドやテーブル、椅子なんかは、以前はホテル・レス
トランだったから有り余るほどあった。そしてレオは、キ
キがひとりで暮らすなんてできるはずないって固く信じて

いたから、キキが哀れなジョーク言ってると思って鼻で笑いながら、

「じゃあネ、これとこれと、これもいいよ。これもネ、ほらこれも」

　そしてパリのレチシアのもとに飛び立って行ったのだった。キキはそれでも微かな希望を持っていた。またいつものように、パリでおもしろおかしくガールフレンドと遊んで、十分満足したら、何事もなかったように、このスコシアン・マナーへ戻って来るだろうって。

さようなら、スコシアン・マナー

　レオがパリに出発してから何日かが経っていた。友だちに手紙を書く必要ができて、レオの《ファットマック》のコンピューターをオープンした。レオのコンピューターはいつでもキキが使えるようにしてあった。そうしたら、普段は完全にファイルを閉じて、シャットダウンしてあるはずのレオの手紙のページが、スクリーンにアップで映し出されてきた。レオはパリ行きの準備で忙しかったのか、シャットするのを忘れてしまってたんだ。そこには、

『シェール（親愛なる）レチシア、もうあなたがいつでも来られるように、こちらは用意が整っています。ボクのワ

166

イフとは正式に離婚をしました。

　実はこのワイフは、あるミミズクマフィアが率いるインチキのグループに入って、完全にマインド・コントロールされてしまったために別れたのです。前はよかったのですが、性格がとても悪くなって、毎日が地獄でした。もうすぐにも彼女はここを出ていきますから、あなたの坊やと来て下さい。英語が話せないっていうけれど、そんなものはすぐに身につきますよ。じゃあ心待ちにしています。

　ジュ・テーム（愛してるよ）　レオ』

　その手紙を読んでキキは、レオの、暗ーい心の底の底まで見せつけられたような気がしてきた。胸がドッキンドッキンして、頭がクラクラしてしまって、ブルブルブルブルと震えがきて、何をしていいのかまったくわからなくなってしまった。そして突然キキの内モモの当たりに、生温かーいお水が伝わってきた。あまりのショックに、キキは生まれて初めて、立ちながらオモラシしてしまったのだった。
『ミミズクオジサンのおっしゃる通りだった。レオは変わらないんだ、永遠に。どんなにキキが頑張っても無駄なことなんだ！』

　そして、
『それだったら、もうここにはいられない！』

　とすぐに決心することができた。すぐさまお友だちに電話をした。ハリファックスの町でアパートを探すために。

　そのお友だちは、その日のうちにキキにアパートを見つ

167

けてくれた。キキはまずデリケートな壊れ易いもの、お皿や、コップ一式と、この数年の間に作ったタペストリーのスライドや、アーティスト用の書類、それからミシンといった一番大切なものだけをジープに積んで、250キロ離れた新しいスタジオに向かったのだった。

　ハリファックスへ向かうハイウェイには、2週間前の雪がまだあちらこちらに残っていた。ちょうど道のりの半分ほどに当たる、ポート・ジョリという小さな魚港のある美しい村に差しかかったところで、坂道になった。その途端に、凍りついた雪の塊にタイヤがスリップしてしまったんだ。ガガガガーンドドーンッと、ジープもろともにハイウェイの横の溝に落っこちてしまった。一番大切なものだけ、ワザワザ乗っけてきて事故を起こしてしまって……。心がズタズタになっていたところに、こんなことが起きるなんて……。

『なんでまだ生きているんだろう。どうして仏さまは、キキを死なせて下さらなかったのだろう。どうしてーっ?! このまま死んでたら、もうすべて片付いてたのにーっ！』

　本当にキキは、このときほど、み仏さまのことをウラメシイと思ったことはなかった。《泣きっつらに蜂》って言うけれど、キキのは、《泣きっつらに大オヤブンブンのクマンバチ》だった。

　近くにおうちがあってそこから人が出てきた。キキをおうちの中に呼び入れて下さった。そこからお友だちのクマ

168

さんのロロに電話をしたら、すぐに飛んできてくれた。そしてロープで引っ張ってくれて何とか溝から脱出することができた。でも最寄りのガレージに行ったら、5000ドル（50万円）の修理代がかかるって言われた。5000ドルっていったら、キキのアパートの8カ月分のお家賃に当たる。

　この最新型のジープは、キキのタペストリーデザインの賞金で買って、レオにプレゼントしたものだった。レオは保険に入らない人だった。まだ新品だったからボツにすることもできなかった。それにレオはパリに行ってたし、誰からも助け船を出してはもらえなかった。キキはブルブル、ガタガタと、小刻みに震えながら、ガレージに5000ドルの小切手を渡してレオには書き置きをした。

『ジープの事故起こしちゃってゴメンナサイ。ガレージには5000ドル、もう払ってあるからネ。そして、20年の間のしあわせをアリガトウ、メルシー。サヨウナラ、オ・ルボワール。キキより』

　そして、運送屋さんを雇って、最小限の身の回り品と、レオの示してくれた、ベッドとテーブルと椅子とをトラックに積んで、キキは20年の間住み慣れた、思い出いっぱいの、スコシアン・マナーのお城を後にしたのだった。

『不幸中の幸い』っていう言葉があるけれど、後でバッグの中の大切なスライドをチェックしたら、プラスチックのケースが木っ端みじんになったのに、スライドは1枚たりともキズも付いていなかった。このコナゴナのケースは、

前のヒビヒビのコーヒーカップといっしょにキキのお仏壇に入っているよ。そしてテンテンと血痕のついたレオのTシャツもネ。

　お仏壇が、キキのガラクタでもうすぐガタガタになりそうだなあ。

ひとり暮らし

　キキのハリファックスのアパートは、メインストリートからちょっと入った、プラタナスの並木が美しい静かな通りの2階にあった。近くには、ダルージーとセント・メリーのふたつの大学があって、辺りには、上品で、落ち着いた雰囲気が漂っていた。

　カナダでの『初めてのひとり』が始まった。初めてのひとり暮らしだった。初めてのひとりのベッドだった。初めてのひとりの食事だった。初めてひとりでカフェテリアで、サンドイッチとコーヒーをいただきながら辺りを見回すと、壁一面に鏡が張ってあって、そこにキキのポツンとした孤独な姿が映っていた。

『なんて悲しそうな顔をしているんだろう。なんて惨めに見えるんだろう、キキは』

　誰か知ってる人が見たらびっくりギョーテンしそうな、

ゲッソリと落ちぶれたキキの顔があった。心がグシャグシャに潰れてしまったような気がしていた。

　何日か経って、お友だちのカップルがキキをレストランに招待してくれた。なんとかキキを元気づけようとしてくれたんだ。約束の日は夕方から嵐のようなすごい雨と、大風が吹きまくった。傘もさせないほどで、キキがレストランについたときは骨のズイのズイまでズイブンずぶ濡れで、冷え切ってしまっていた。

　アパートに戻ってからブルブルブルブルと震えが止まらなくなってきた。ありったけの毛布を重ねてみたけれど足りなくって、コートとか、ガウンとか、持ってた冬服全部乗っけて寝ようとしたけれど寒くてたまらない。おまけに咳が止まらなくなってしまった。あんまりひどくて、ゴホーンゴホーンと咳が出るたびに、トランポリンでもやっているようにボイーンボイーンとベッドの上で飛び上がるほどだった。

　あまりの熱にフラフラで歩けなくなって、トイレへは四つん這いで行っていた。普段は2本足で歩けてたんだよ、キツネでもね。体温計がなかったけれど《キツネ・タイオンケイ》では、50度以上はあったと思うよ。何か食べなくてはと思っても全部吐いてしまう。何も喉を通らない。高い熱でだんだん頭がボンヤリしてきた。でもただひとつだけ心に浮かんできたのは、このまま死んだ方がいいってい

う思いだった。結婚も駄目になったし、誰をもしあわせにしてあげることのできなかったキキなんて最低だし、何の生きる価値もないや。お母さんが死ぬほど悲しがるなんてことも、頭から消えてなくなっていた。ああ、キツネっていうのはこうしてノタレ死ニしていくんだなあ……。毎日トイレとベッドの間を這いずりながらやっとこさ行き来するだけで、約2週間が過ぎていった。

『アレ？　まだ生きている。アア、何を待っているんだろう。まだ死なないのか。まーだ・だよー……』

　そうして意識モウロウとしていたキキは、ある晩夢を見た。ミミズクオジサンが紫色のお衣を召して、金色のお袈裟を着けられて、じーっとキキを見つめていらした。何もおっしゃらない。そのお顔は、いつもならおやさしくてニコニコと、お父さんみたいに穏やかだったのに、その晩はあまりにも悲しそうに、張り裂けるようなお顔で見つめられるもんだから、キキはびっくりしてかえって怖くなっちゃったんだ。何かキキが悪いことしてるみたいに……。アレ？　やっぱり、いけないことをしようとしてたんだろうか……。アア、キキが死のうとしていたのは悪いことだったんだ、きっと……。そうして誰かにブルンブルンと揺さぶられて、ビンタをタビンにいただいたように、キキに意識が戻ってきた。新しい町で誰も知ってる人がいなかったんだけど、そう言えば大家さんが、何かあったら下のお隣

さんはドクターだからって、電話番号を教えてくれたっけ。

　ヒヨヒヨとヒヨワな指で震えながら電話をしたら、お隣のドクターはすぐに救急用の薬を持って来てくれた。翌朝トイレで鏡を見たら、収容キャンプに入れられたユダヤの囚人みたいにゲソゲソにやせ細って、目だけがギョロギョロした、なんとも哀れなキキの顔が映っていた。教えてもらった病院にフラフラと歩いて行って治療をしていただいた。

　その夜、日本のお母さんから急に電話がかかってきた。「あなたのことが突然心配になってきたの。急に胸がギューッと締め付けられて、苦しくなってしまって。何かあったんじゃないかって思ってね。大丈夫だった？」

　よく虫の知らせ、なんて言われるように、本当にピッタリ当たっていたからビクっとしたけれど、何事もなかったというふりして、

「大じょーうぶ、大丈夫。新しいアパート見つけて元気にやってるから、心配しないでね」

　お母さんはもうキキのことだけが心配だったんだ。小さいときからヘンテコリンで、ヘソマガリで、シャイで、内気で、そうかと思うと、知らないうちに、東京やパリやカナダにまで、勝手に飛んで行ってしまったり……。だからいつも、

「あなたのこと思うと死んでも死に切れない。もう日本に

帰っていらっしゃい！」

　なんて言ってたんだ。ちょうどアヒルのお母さんみたいに。自分のヒヨコを全部おなかの下に集めて守ろうとしているアヒルの母さん……。でも1匹だけ、キキっていうひん曲がった、みにくいアヒルの子がいて、それがいつも心配させてばかりいたんだから……。

　レオがフランスからひとりで帰ってきた。そしてキキに電話をかけてきた。
「どうしてここから出て行っちゃったんだーっ！　勝手に家を出て行っちゃってーっ！　どうしてそんなことしたんだーっ！　どうしてガーッ！　どうしてガガーッ？　ガガガーッ？」

　レオは電話口でガーガーヒーヒー恨めしそうに泣いていた。キキは本当に頭がこんがらがってきてしまった。でも、『ホントにモー！　おメエさん、勝手に自分で蒔いちまった種じゃあねえかよう。こんだあ、自分でそいつあー、刈り取らなきゃあなんねえんだぞオ、自分でー。わかってんのかえーエ？　この……』

　って思ったんだけど、とってもそんなことかわいそうでお口に出しては言えなかったんだ。面と向かっては。だってレオは、それほどまでに自分のエゴという、悲しい心に支配されてしまっていた。そのエゴの心は、長ーいお箸で食べ物を、自分の口へ持ってくることしか考えられないん

だ。そしてレオの地獄を作り出してしまっていたんだ。

　キキの健康は少しずつ回復してきていた。でもこの数年間の心の痛みとストレスと、その上にこの3週間近くにわたった病気のショックは、キキの体に大きな爪跡を残した。長くてフサフサしたキキの髪の毛が、ブラシを使うたびにゾロッ、ゾロッと抜け始めた。あんまり抜けちゃってスケスケで、頭皮が見え始めてきた。もうちょっとしたらハゲハゲになって、丸坊主になるのではないかと思えるほどだった。もしそうなったら、本物のお坊さまになるよりほかにお仕事の口はないと思われた。

　その上にキキの顔に、もの凄いシミが現れてきた。頭はハゲハゲ、顔はムラムラ、シーミシミ、本当にシミシミと自分ながら、哀れで落ちぶれたキキになりハゲていた。

仕事探し

　キキは生まれて初めて、自分の生活を支えなければならない、という現実を前にした。日本でも、パリにいたときも、働いたことはあったけれど、それは半分お遊びだった。キキの後ろには、いつも必ずスポンサーがついていた。お父さんお母さんがいつもキキをサポートしてくれていた。

スコシアン・マナーでは、レオがガッチリとガマグチをコントロールしていて、毎日のことは全部レオ任せだったんだ。

でも今は違っていた。お家賃の600ドル（6万円）は当たり前のことで、払えなかったらここにはいられないんだ。そして食費や、交通費や、身の回りの必要なものをキキが全部自分で支払わなきゃいけないんだ。タペストリー・アートの作品を売りたくても、ハリファックスという新しい見知らぬ町には、ツテも知り合いも何もなかった。

南フランスや、日本で作品展をしたときとは、条件も何もかもが違っていた。ここでは誰にも頼れなくて、キキはまったく天涯孤独の1匹ギツネになっていた。そして気が付いてみるとキキはもう48才になっていた。キキが小さいころ、お母さんが42才になったとき、

『もうすぐお母さんは、老衰で年取り過ぎて死んでしまううーっ』

と、とても心配になったことがあった。

キキはそのときのお母さんより、6才上になっていた。毎日がお仕事探しの日々になった。そして日本ギツネにお仕事を下さるところなんて、たやすく見つかるはずもなかった。もし今まで何かのお仕事をしていたのなら、失業保険など手に入ったのかも知れないけれど、それもなし、ツテもなし、知り合いもなし、お友だちもなし。美しいお城に住んでいたときは、沢山のお友だちがいると思っていた

176

のが、それもきれいに完全にナシナシのハナシになっていた。でも、こういうことってよくあるんだって？　君もそう思わない？

　こうして何カ月かが過ぎて行った。お仕事は相変わらず見つからなかった。春が去り、夏が来て、秋になり、冬が訪れて来た。そしてたったひとりのクリスマスは、ことにわびしいものだった。このころのただひとつの楽しみといえば、パッチワークタペストリーの制作だった。

メモリアルの丘

　ある日キキはどうしてか、ハリファックスの高台にあるメモリアルの丘に登ってみたいという気になった。キキの住むこのハリファックス市は、ノバスコシア州の首都で港町だから、結構坂の多い町でもあった。そしてやっぱり港町で坂の多い日本の函館市と姉妹都市にもなっている町なんだ。
　このハリファックスには、広島と長崎のように、爆発で町が消えてしまったという悲劇の歴史がある。それは1917年に、TNT（トリニトロトルエン）など爆弾を山のように積んだ2隻の軍艦が、ハリファックス・ハーバーで衝突

して大爆発が起こり町がなくなって、2000人以上の人が死んでしまった。キキはなぜだかその犠牲者の方たちのために、そのメモリアルの丘に登ってお祈りがしたくなった。何かがキキの耳にソッと囁（ささや）いたような気がした。

　それは３月の終わりで、まだ冬の気配がいっぱい残った、でも青空が天高く広がって、爽（さわ）やかな明るい日差しが輝いている日の午後だった。キキはお祈りっていってもあまり長いのはできなくて、般若心経（はんにゃしんぎょう）っていうお経と、ご回向（えこう）（自分の積み重ねた善根や功徳（くどく）を相手にふりむけて与えること）ができるお経を選んだ。そしてベンチの上で静かに心の中で唱え始めた。『他（た）のために』、といつかミミズクオジサンが教えて下さったように。
『あの大爆発の犠牲になった方々のために……』
　そして、
『今でもこの土地にそのときの苦しみが残っているとしたら、キキのお祈りによってそれが少しでも和らぎますように……』
　そう心の底から祈ったのだった。15分くらいかかって、
『……おんさらば　たたぎゃた　はんなまんな　のうきゃろみー…』
　と言って終わった。そして終わったまさにその途端（とたん）、１秒前でも、１秒後でもないまさしくその瞬間（しゅんかん）に……、メモリアルの慰霊塔（いれいとう）の鐘が、

178

「ガラーンン、ガラーンン、ガララーーーンンンンンンンンーーー」

　と鳴り渡った。キキはそれまで、慰霊塔の鐘があることも気が付かなかったし、何時にその鐘が鳴り響くのかも知らなかった。でもビックリしたその瞬間、キキは仏さまが奇跡を起こされたと、とっても不思議なほどの確信が持てたんだ。そしてそれは、キキの体と心が急に、まぶしいほどの明るい光でおおわれて、グングンと天に向かって持ち上げられたようなイメージだった。

　あんなにうれしい気分になったのは何年ぶりだっただろうか。この丘からハリファックスのハーバーを見下ろすと、海の上に何か数え切れないほどの光と影が、ダンスをしているように感じられた。そしてとても沢山の魂が喜んでいるように………。

　アパートへの帰りはちょうど上りの坂道になった。自然に空を見上げるように歩いて行くと、突然かかっていた雲が虹色に輝き始めた。海の上の光のダンスと、天上の虹色の雲のダンス……。キキはこのとき完全に、仏さまの大きな大きな光の世界に包まれたような気がしていた。

179

観光局のお仕事

　そのメモリアルの丘でお祈りした翌日、観光局から電話がかかってきた。キキが正式に、ツーリスト・カウンセラーとして採用されたという連絡だった。このハリファックスの観光局は、英語以外に、日本語とフランス語ができるキキを買って下さったのだった。

　でもそれ以外に何かもっともっと、とてつもなくでっかくって、輝くような、何かのスゴーイ力が働いていたような気がしていた。そしておなかの底から大きな喜びが、ズンズンと湧き上がってくるのを感じていた。うれしくって、楽しくって、キキはアパートの中をダンスしながらヒラヒラと舞い上がっていた。すぐに日本のお母さんにそのニュースを伝えるために電話をした。お母さんは心の底から喜んでくれた。

「ああ、本当によかった、よかった。これで安心できたワ。お母さんもいっしょにダンスしたくなっちゃった」

　と言われて、キキは100万分の１くらいの親孝行ができたような気がしていた。

　観光局のお仕事はとても楽しく、おもしろく、刺激のあ

るものだった。毎日沢山のツーリストが訪れた。カナダ人
はもちろんのこと、アメリカ人、イギリス人、フランス人、
ドイツ人、ベルギー人、イスラエル人など、世界中からお
客さまが絶えなかった。ときどき日本人も、そして韓国人
も訪れた。

　ある日、若いコリアンの女の子が3人訪ねてきた。
「私たち、ユースホステルに予約してあったんだけどキャ
ンセルしたの。もう少し良いホテルに替えたいと思って
……」
　たまたまそのウィークはバグパイプや、ハイランダー・
ダンスなどが盛り込まれた、ノバスコシア州の最高のお祭
り《ロイヤル・インターナショナル・タトゥー》のために、
ハリファックスのすべてのホテルは超満員で、みんなキャ
ンセル待ちをしているときだった。
　ユースホステルどころか、テントも、掘っ立て小屋も、
犬小屋も、モグラの穴さえも見つからないだろうって思わ
れたそんな日に、キャンセルしちゃったんてと、キキは
もう本当に困ってしまったんだ。でもこんなかわいい女の
子たちに野宿なんてさせるわけにいかないと、とっさにキ
キは小さな脳ミソに働いてもらったんだ。
『そういえば、いつか偶然に見つけた、あのホテルがあっ
たっけ……』
　そこはキムさんという、韓国出身の方がやっているホテ

181

ルだった。

「あのー、こちらですネー、観光局ですが、今ここにとーってもスゴーい、かわいいコリアンが3人、ホテルを探しています。きょう、お宅もいっぱいだとは思いますが、屋根裏でも、地下室でも、お風呂場でも、コリアーかまいません。お宿を何とかなりませんか…？」

　電話の先ではちょっと驚いたようすだったけれど、キムさんはすぐにオーケーを出して下さった。

「これからは、キャンセルするなら、もうちょっと慎重にネ！」

　とアドバイスしたら、3人のコリアンはホッとしたように、微笑みながらセンターを出て行った。

お母さんサヨウナラ

　キキの新しいお仕事がやっと身に付き始めたときだった。日本のお姉さんから連絡が入ってきた。

「お母さんの調子がよくないの」

『やっぱり！』

　ってすぐさまキキはピーンと来たんだ。お母さんはキキが悲しめばいつも悲しんでくれた。キキの離婚したときなんか、遠くにいても胸を痛めていっしょに苦しんでくれた。

お母さんはもう80才を超していた。そしてキキに向かって、
「あなたのことを思うと、死んでも死に切れない」
　とよく言っていた。でも今度はキキがやっとこさ素敵な
お仕事を見つけて、うれしくて、大喜びして、いっしょに
舞い上がってダンスをしてくれたのだった。そして大安心
してくれたんだ。多分、
『もう、思い残すことはない』と。
　だから仏さまも、じゃあ、もうソロソロ私のところへ戻
っていらっしゃいって、お母さんにおっしゃったのかも知
れない。日本へ飛んで行きたかった。お母さんにひと目会
いたかった。でもやっとのことでお仕事を見つけてやり始
めたばかりで、それはできなかった。お姉さんは、
「心配しないで。お母さんもよくわかっているからネ。ワ
ザワザこちらへ帰らなくても大丈夫だよ。新しいお仕事頑
張ってネ」

　それからしばらく経って、お母さんが亡くなったとの知
らせがあった。アッという間だった。キキは泣いた。ボロ
ボロボロボロと大粒の涙が溢れて止まらなかった。キバを
食いしばって、何とか心をおさめようとした。
　自分で望んで、自分で決めて、自分で歩んで来た道だっ
た。でも日本から、こんなに遠い、地球の反対側に当たる
土地で、お父さんが、そして今度はお母さんが亡くなると
いう運命にたったひとりで立ち向かわなきゃならない。そ

れは《自分で蒔いた種は自分で刈り取らなくてはならない》というみ仏さまの教え、そしてまた、この大宇宙にある冷たいほどに絶対的な法則なんだということをキキは身に沁みて感じたのだった。

　その日はキキが生まれて以来、もっとも切なくて苦しいものになった。お父さんが亡くなったときもそうだったけれど、今度もキキは、
『ミミズクオジサーーンンンン！』
　って泣きながら心の底で呼んでいた。でも呼んでも呼んでも、ミミズクオジサンは、この日はお返事がない様子だった。またボロボロボロボロと大粒の涙が流れて止まらない。でもその涙の中に何かにじんできたものがあった。ああ、あの、おやさしいミミズクオジサンのお顔が……。そしてそのお顔が少しずつ変わり始めたんだ。そして、だんだんと……ああーっ！　キキの大好きなお母さんの顔に変わってきたのだった。
『もう大丈夫だよ。お母さんは、ミミズクオジサンを通してキキといつでもいっしょだよ。心配なんていらないからね』
　と言われたような気がした。

インドの最高裁判所長

　お母さんの亡くなったちょうどその日は、たまたまインド人のお友だちの家にディナーに招待されていた。

　そこにはそのお友だちのおじさんもおいでになっていた。そのおじさんはインドの最高裁判所の所長さんだということだった。でも1年前に愛する奥さまを亡くされて、それ以来ガックリして何も手に付かないという状態で過ごされていた。

　キキがちょうどこの日にお母さんを亡くしたということを聞いて、それでもキキは明るくミミズクオジサンに感謝しながら生きているということを知って、何か心に深く感じ取られたようだった。

　『自分は愛するワイフを亡くして以来、1年以上もウツで苦しんで来たのに、この方は、母親を亡くしたその日でも強く生きようとしている』

　そしてキキに、『For whom the Low existes（誰のために法律は存在するのか）』というタイトルの、ご自分で書かれた本を1冊手渡して下さった。

185

人の世の法律を完全に理解できていても、この大宇宙の法律《神さま、仏さまの教え》を理解できなければ、本当のしあわせをつかむことは難しいと感じ取られたのかも知れない。

その裁判所長のおじさんの目には、涙がウッスラと浮かんでいた。

日本からのお客さま

キキの勤めている観光センターのお隣には、ノバスコシアでただひとつのカジノを持つシェラトン・ホテルがあった。ある朝、そこに勤めているホストで、コンシェルジュの男の人がキキを訪ねてきた。

「今日本のお客さまが２人、ちょっと困っているみたいだから来て下さい」

そう言われてホテルに行ったところ、２人の上品な奥さまがキキを見るなり『地獄でほとけ！』に出会ったというような、ホーッとしたお顔で迎えて下さった。キキが日本語を話し出したらまたまた驚いて、「ここでこんなにキレイな日本語を聞けるなんて、本当にビックリしました！」

とおっしゃった。キキは改めて、まだ日本語がキレイに話せたことを有り難いと思った。だって、いつか日本に帰

ったとき、お友だちに、「日本語、下手になっちゃったね
エー」なんて言われたことがあったから……。

この2人の奥さまは、日本のツーリスト・センターを通
して予約をしてもらったんだけれど、スロットマシンやポ
ーカーゲームなど、こんなにうるさいカジノがあるホテル
で幻滅していること。そしてノバスコシアの典型的な海岸
地帯を巡ってみたくて、雇おうとしたタクシーの運転手に、
1日2000ドル！（20万円）もかかるって言われたこと、な
どなどをキキに話して下さった。キキは、
『まったくもうー、何ちゅうことしてくれるんやねー！』
とすぐにもテキパキと、騒々しいシェラトン・ホテルか
ら、かわいい赤毛のアンのイメージの、ノバスコシアンス
タイル、ベッド・アンド・ブレックファーストに引っ越し
していただいた。そして2000ドルを巻き上げようとした雲
助のタクシー・ツアーはキャンセルしていただいて、ロン
ドン製のかわいい、2階建ての赤いバスで行くというツア
ーを予約したのだった。
このツアーは、ノバスコシアの南海岸、サウスショアー
に通じるチャーミングな灯台と海岸地帯を巡るという灯台
ツアーで、お昼はスペシャリテのロブスター・サンドイッ
チが出て、1人分、1日50ドル（5000円）。お2人とも本
当に喜んで、
「バスの屋根が高くて木の枝がバンバン当たってたけど、

バスの運転手さん平気で走ってた。それに、ロブスター・サンドイッチもとってもおいしかった」

　などなど、とても満足気に、興奮しながらキキに報告しに来て下さった。日本からのお客さまの喜ぶ姿を見て、キキもとってもうれしく思ったんだ。

　ところで……と、話は変わってきて、キキのプライベートな生活がお2人の興味を随分引いた様子だった。というのは、キキはもともとアーチストで、布を使ったタペストリーを作っているということをお2人に話してあったんだ。そんな訳でキキのアパートにご招待することになった。アパートでキキの作品を見て、

「1枚、おいくらですか？」

　と聞かれて値段を言ったところ、すぐに買って下さった。それは『くるみ割り人形』を主題にしたもので、そのバレエの主人公の少女クララを表した作品だった。まだ出来上がったばかりで額に入れてなかったので、この小さな布絵のタペストリーは、簡単にスーツケースの中に納めることができた。

タイタニックの町

　キキが何年も前に初めてハリファックスの町に来て、ア
トランティック海洋博物館を訪れたとき、タイタニック号
の悲劇(ひげき)のコーナーが設置されているのを見て、ええー？
あの事故はここだったんだ！　とびっくりしたことを覚え
ている。

　タイタニック号は1912年、４月14日に氷山に衝突し沈没
した。ハリファックスの港がタイタニックの遭難(そうなん)したとこ
ろからいちばん近かったため、ここから救助船が出て行っ
た。助かった乗客の中にはマサフミ・ホソノという日本人
もいらした。でも1500人が船といっしょに、4000メートル
の海の底に泡のように消えて行ってしまった。ハリファッ
クスの３つのお墓には150人が、90年近くの間ウツラウツ
ラと静かに眠っていた……。
　いた、というのは過去形で、1998年に大ヒットしたハリ
ウッド映画『タイタニック』のお陰(かげ)で、一夜明けた途端(とたん)に
世界中から観光のお客さまがドドドーっと押し寄せて来た
んだ。３つのお墓も観光ルートに入れられてしまい、急に
花束が捧げられるようになってしまった。中にはびっくり

して目が覚めてしまったオクラレビトもあったかも知れない。

　レオナルド・ディカプリオが演じるジャック・ドーソンがここに眠っていると信じて、《J・DAWSON》と刻まれたお墓の前で、お祈りをする女の子たちも沢山いた。本当はジェームス・ドーソンといって、タイタニックのボイラーマンだったんだけれど……。キキは観光のお客さまの夢を壊さないように、そっとそのままにしておいたんだ。

　観光局で働き始めてから、キキはこのタイタニック号について、とても不思議なお話を2度聞いた。1度目は博物館の館長さんから。2度目は観光局のディレクターから。
　それっていうのはイギリスでタイタニックの船を作っているときに、知らないで、溶接の仕事をしていた人を中に閉じ込めちゃったんだって。そのことが後でわかったんだけれども、もう出来上がってしまって、こんな最高級の船の胴体を壊してやり直しすることなんて出来ないって、その人は見殺しにされてしまった。その当時の労働者の命なんて、随分薄っぺらいものだったんだ。
　この絶対に沈没しない269メートルの、その当時世界最高の設備とテクノロジーをそなえたゴージャスな船は、イギリス南部の港町サウサンプトンからニューヨークに向かう処女航海中、氷山にぶつかって、あっという間に沈んでしまう。衝突してでっかい穴が開いたところは、あの溶接

190

工の人が閉じ込められた、まさに同じところだった……というお話だった。

　キキは思った。「ここを開けてー！　ここに大きな穴を開けて、助けてチョーダーイヨーー！」という地獄からの、絶望した悲しい叫び声が、恐ろしい地獄的な何かを引き寄せてしまったのかも知れないなって……。

　この大宇宙には、よい種を蒔けばよい実がなり、悪い種からは悪い実がなるという、絶対に曲げることのできない因果の法則がある。このみ仏さまの教えを守らないで、タイタニックの溶接工の、貧しい労働者とはいえ、大切なひとりの人間の命を見殺しにしてしまったんだ。その恐ろしいエゴイズムの種からは、最先端を行くはずだった世界最高の船の沈没事故という、地獄のように恐ろしい実がなってしまったのだとキキは思った。

　ねえ、君もそう思わない？

カナダ？　日本？　フランス？

　キキの観光局での仕事は、誰からも喜ばれた。特に日本や、フランスや、ベルギーからのお客さまがあるときなど、日本語またはフランス語でスムーズにお話ができて、とても重宝された。

191

キキのお給料は１カ月500ドル（５万円）だった。お家賃が600ドル（６万円）だったから、銀行の貯金をときどきつまみ食いしていたのだった。そしてたったひとりでこのアパートに住んでいると、キキの本当にしたいことは一体何だったのだろうか、と少しずつ疑問が湧いてきた。

　キキが若かったころ、どうしてもフランスに行きたくて、すべてを置いてフランスへ飛んで行った。そしてフランスにキツネの骨をうずめるつもりで頑張っていた。でもレオと出会って何だか訳がわからないままに、カナダまで引っ張られて来てしまった。

　そのカナダに来たもともとの原因のレオとも別れて、今はたったひとりで、ヘタッピーながらも何とか生活しようとしてきた。でも最近、無性にフランスに帰りたくなってきた。フランスを離れてからもう20年以上が経っていた。キキのあのころのお友だちはほとんど残っていなかった。みんなそれぞれの運命を持って、それぞれの道を選びながらどこかへ消えて行ってしまった。ただひとり、あの『へ』を描くのがダーイスキなモンキー・モモとはその後もずーっと文通を続けて、きょうまで友情を温めてきた。

　モモはもう90才になっていた。でもまだ元気で『へ』を描き続けていたんだけれど、少しずつ弱ってきているようだった。モモに会いたかった。コート・ダジュールを初めて訪れたとき、バーベナやセージ、ローズマリーやカモミールなんてキキの知らないハーブを育てていて、そのハー

ブティーをよく淹れてくれたっけ。そして野生のタイムや
エーデルワイスを探しに、アルプスの山へ連れて行ってく
れたこともあったっけ。

　まだモモが元気なうちに会いに行きたい。フランスに帰
りたい。その思いは日ごとに膨らんでいった。でもフラン
スには、滞在用のヴィザも、生活のための健康保険も、レ
オとの離婚とともにすべてなくなっていた。

　ある晩のこと、キキの夢の中にミミズクオジサンが訪ね
て下さった。キキは、モンモンとしてズーッと悩んでいた
ことをソッと打ち明けてみたんだ。
「やっぱり、健康保険がしっかり整っているカナダに残っ
て生活した方が、お利口さんじゃあないの？」
　と言われるような予感がしたんだ。それは本当にその通
り、いちばん無難な道だった。でもひょっとして、
「将来のことを考えて、もう日本に帰ったらどう？」
　なんて言われるかも知れないなあ。そういえば昔パリで、
ハナエ・モリさんにも同じこと言われたっけ……。
「ハナく日本にお帰りなさい」
　って……。
　キキはちょっとジメジメっぽく、心配メな心で、ミミズ
クオジサンのメをよこメでながメていた。するとゆっくり
メにお返事が返ってきた。
「カナダの道は先が途絶えてしまっています。でも小さメ

の道がフランスに向かってついています。あなたの『こころのもちよう』次第で、その道が大きなアスファルトの道になっていきます。あなたの将来はとても明るいですよ」

　キキは、まったくもってビックリギョーテンしてしまった。というのは、こんなにドン底みたいな生活になってきて、今後お先まっ暗のイメージがあったから。それなのに将来はフランスへの道がとても明るいなんて……。そして、そして、

　『こ・こ・ろ・は・も・ち・よ・う』って……。

　そうだ、これはお父さんが亡くなる前に、ポロポロ泣いているキキを見て、励ましてくれた言葉じゃあないか！やっぱりミミズクオジサンはキキのお父さん代わりになって下さっていたんだ。

　この夜のミミズクオジサンの不思議なお言葉から、キキのまぶたの奥には、小さな、小さな、針の先ッチョくらいの大きさの、でも温かい希望の光が生まれ始めていたのだった。

ニホンジンノオヨメサンホシイデス

　日本からキキの姪っ子のマイマイが、やさしいダンナさ

194

まを見つけてカナダへ新婚旅行にやってきた。マイマイは数年前にも大学のお友だちといっしょに、キキが住んでいたマナーハウスを訪ねて来たことがあった。

　カヌー遊びや森の散歩、ブルーベリー摘みや、海でのムール貝集めなどなど、いっぱい楽しい思い出があったために、もう一度レオに会ってあのときのお礼をしたいと言い出した。

　キキとレオは別れちゃったんだけど、マイマイはそれには何の関係もないんだから、それはその通りと思ってレオに電話をかけた。そうしたらレオもやっぱりマイマイとの楽しい思い出があったからって大喜びしてくれた。

　キキと、マイマイと、そのダンナさまと3人で、金魚のフンのように連なってマナーハウスを訪れた。そうしたら、レオはお母さんの形見の、白地に金の縁取りのあるリモージュ製のコーヒーカップに、レオ自らコーヒーを淹れてくれた。

　キキといっしょにいたときには、コーヒーなんて自分で淹れたこともなかったのに……。レオは愛する家族が、はるばる日本から訪ねて来てくれたっていうような、本当にうれしそうな顔をしていた。

　そんなレオの態度を見て、キキは何となく哀れな気持ちになってしまった。キキの小さいころはやさしい両親がいてくれたし、今ではかわいい姪ッ子や甥ッ子が訪ねて来て

くれる。でもキキと別れちゃったレオには血の繋がった家族がいなくて、まったく天涯孤独になってしまったんだ。

　レオはキキがマナーハウスを離れた後もズーッと、ガールフレンド探しを続けていた。あのシャッシュール・フランセの雑誌の中の出会いコーナーを通して。その雑誌がレオのベッドの横に置いてあった。自然とレオの広告の載ったページに目が行った。そうしたらそのレオのすぐお隣に、とても不思議なアノンス（告知）が載っていた。

【アンドル県に住む男のオオカミ。18世紀の家の持ち主。田舎と動物が大好き。日本料理、生け花、お茶、書道のできる日本の女性を募集】

　その謎めいたアノンスは確実に日本人の女の人だけを探していた。それは何かキキをグイーングイーンと引きつけちゃう力を持ち、とても明るい光を放っていた。でもキキはフランス料理はできても、《日本料理》はそんなに上手とはいえなかった。《生け花》はというと……、お母さんの真似をして何とか《自由花》ぐらいは立てられた。そして《お茶》の方は……、そういえば《お盆点て》はまあまあできたっけ…。でも《書道》の方は、ウーン……、小学校のとき、書道の時間に《きつね》とか、《たぬき》とか、《むじな》って書いたの覚えている。キキの書いた書道の字はちょっとだけゆがんで、ちょっとだけ化けてたような気がしたけれど、まあいいっか……。

　キキの想像力は、ヒラヒラと羽ばたき始めていた。でもアンドル県ってフランスのどこにあるんだろう？　聞いたこともないけれど。キキの日本地理の通信簿は絶望的にゼロに近かった。ましてやフランスの地理なんてゼロどころか、マイナスもいいところだった。そしてやっぱりこんな、どこかの馬の骨か、つかみどころのないオオカミのシッポのような不思議なアノンスに期待してはいけないような気もしていた。

　ハリファックスハーバーからちょっと上ったところに市の図書館があった。キキはよくこの図書館を訪れて本を読んだり、CDを借りたりしていた。この図書館の一角にフランス語コーナーがあって、そこでフランス系の本や雑誌を見ることができた。普段は気が付かなかったけれど、たまたま訪れた日は、《ラルース大百科事典》の全巻が置いてあるのがキキの目に留まった。
『ああ、そういえば……』
　キキは思い出した。あのオオカミさんの住んでいるところは……、そうだ、アンドル県だったっけ。その大百科事典を手にして、パラパラと、アンドルと載っているページを開いたところ、キキの心臓がドックンと音を立てた。
《アンドル・エ・ロワール》……
《アンドル県》は、あのロワール地方だったんだ！　キキの大好きなロマンチックな土地。フランスの代々の王さま

たちが建てた沢山の美しいゴージャスなお城があって、フランスの庭園と呼ばれている土地。そしてユネスコの世界遺産にもなった土地。そしてそして、日本の仏教のお寺がある土地！

　キキはもうためらわなかった。仏さまが道を付けて下さっているって確信が持てたんだ。キキにはミミズクオジサンのおっしゃった、あのフランスへの小さな道が見え始めていた。

　すぐにアンドル県に住むオオカミさんに手紙を書いた。

合気道の先生

　3週間が過ぎて、ある朝フランスから電話がかかってきた。オオカミさんだった。お父さんに似た低音で、温かくて、キキをフンワリと包んでくれるようなやさしい声が流れて来た。

　オオカミさんの名前はルルといった。フランス語でオオカミは、ルーって言うんだよって教えてくれた。だからルルなんだって。そしてルルは戌年なんだって、キキのお父さんのように。

　ルルは毎日キキに電話をかけてきた。日本語がとても上

手だった。そしてその会話はいつも1時間以上続いた。国際電話のお代金は、まったく気にならないようだった。

　キキはすぐに、仏教を勉強していることを打ち明けた。もう二度と以前のように悲しい思いをしたくなかったから。そうしたらルルも仏教が大好きで、ときどき坐禅のメディテーション（瞑想）をしていることを話してくれた。だからキキは心の底から安心できたのだった。

　ルルは体育の先生で、合気道も教えていると話してくれた。そして東京の合気道の本部にも行ったことがあるって。そこで大先生という、もの凄い天才的で、怪物のようなお師匠さんに指導を受けたんだって。そしてその怪物大先生にルルはとてもかわいがられて、沢山の写真やビデオを好きなだけ撮らせてもらってきたんだって。

　ルルの話は尽きなかった。電話の向こうにはとても楽しそうなルルの声が、ピアノの音色のように軽やかにポロポロと弾み、虹色の光がキラキラと輝いているように思われた。まだ会ったこともないのに何だろう、この安心感は……。

　それはもうすでに、ルルの大きな愛情に包まれているような、ホノボノとした安心感だった。

ルルとの出会い

　キキは10月～11月の予定でフランスへの旅に出た。モンキー・モモに会うのが一番の目的だった。そしてもう一度地中海の、あの銀色に輝く青い海を見たかった。南フランスの太陽に育まれた、黄金色のレモンを、もう一度もいでみたかった。ローズマリーのハーブの中にもう一度、キキのとんがった鼻先をつっ込んでみたかった。

　キキはフランスに着いてから、ルルに会うのを3日間の予定にしていた。フランスの中央部に位置するシャトールーの駅に着くとルルが迎えに来てくれた。一瞬で、ルルとはもう何年も前からの恋人だったような錯覚を覚えた。ルルはとってもハンサムな白いオオカミだった。ルルの目はもうキキしか見えないようだった。ルルは自分の家に着くまでに、道を5回も間違えるほどだったから……。
　ルルは完全にルンルンしてしまって、頭もクルンクルンと回ってしまったようだった。そして3日後に、ルルはキキにプロポーズしたのだった。
「ボクのプチ・カナイ（かわいい奥さん、そして、かわいい不良の2つの意味）になってくれない？」

って……。

　そして３日の予定がシュルシュル伸びて、ルルの家での滞在はついに１カ月半にもなってしまった。この滞在中にルルはキキを、正式なフィアンセ（婚約者）として、健康保険会社に登録してくれたのだった。そのルルの態度を見てキキは、

『この人は本物だ。本当にキキのことを考えてくれる誠実なオオカミなんだ』

　と確信が持てた。

　キキも心から今後はルルとともに歩んで行きたいと思ったから、ルルをミミズクオジサンに紹介した。そうしたらルルはすぐにも喜んで受け入れてくれたのだった。キキのためなら、

『ナンデモカンデモソンデモドーデモ、ヨーッコラショーイ！』

　っていう風に。

　レオのときとは何という違いだろうか。キキの胸は安心と、希望に満ち溢れてきた。

　２カ月にわたるフランス滞在中に懐かしいモモにも会えて、キキはしあわせいっぱいだった。そしてルルに見送られてニースの空港からハリファックスへと飛び立って行った。ルルには、

「かならず1カ月以内にまたフランスへ戻って来るネ。今度はキキは引っ越し荷物といっしょにやって来るからネ」
　と約束をして。

お引っ越しの問題

　キキはハリファックスのアパートに戻るや否や、すぐに引っ越しの準備にかかろうとした。ところが色々な問題が、ドンドコズンズンと山ほど出てきた。それはフランスへの引っ越しとなると、カナダの国内だけでは済まされない複雑な問題がいっぱい出てきたんだ。

　1番目は、時間がたった1カ月しかないこと。そして引っ越し屋さん選び。それにかかるお金のこと。ほとんどのキキの持ち物とはサヨナラしなければならないこと。そしてノバスコシア州にはフランス大使館がなくって、海外引っ越しのための書類の提出は、お隣のニュー・ブランズウィック州のフランス領事館へ出さなければならない、など、など。

　いつものキキだったら相変わらず、オロオロノロノロマゴマゴと、余りハエナイキキ、サエナイキキのはずなんだけれど、今度はちょっとハナイキのアライキキになってい

た。それは、ハエナイキキ、サエナイキキのために、ふた
りの応援団ができていたこと。ミミズクオジサンはもちろ
んのこと、それにも増して今度は、やさしく力強いルルが、
ハエナイキキを毎日フランスから電話で応援してくれてい
た。

　この応援団に答えるためにも、ハナイキアライキキはラ
ストスパートをしていた。日本の引っ越し会社とご縁のあ
るハリファックスの引っ越し屋さんを選んだ。その会社は
テキパキと、複雑な書類の作り方をキキに教えてくれた。
フランス領事館への書類もすぐに出来上がった。そうして
いたらある日、バーリントン・モールにあるアートギャラ
リーのオーナーさんで、キキの大ファンになっていた方か
ら突然、

「あなたの作品が２点売れました」

　と連絡が入ってきた。

　その２点の作品とは、キキがもっとも素敵にできたと思
っていた大型の布絵タペストリーで、『白鳥の湖』と『コ
ッペリア』のバレエをヒントに、ふたりの有名なカナダ人
バレリーナをモデルに作ったものだった。そのお客さまは、
「トロントからいらした方。とてもエレガントな奥さまで、
オート・クチュールのメゾンのお客さま」

　ということだった。この２点の作品の売り上げで、キキ
はフランスへの引っ越しのお代金を支払うことができたの
だった。ところがキキの小さな脳ミソを絞りに絞って一

生懸命に考えてみても、こんなに簡単にキキの作品が売れるはずがないってことがわかった。それも大型の作品が２点も一度に売れるなんて……。そしてそれが、キキの一番必要としているときに。そんな奇跡が起こりますようになんて祈ったこともなかったんだもの。でも誰かが天の一番中心からご覧になって、

『ほんなら、このキキっちゅうハナイキアライ子には、ここでちょっとだけ、後押ししてやったろかァ』

　とおっしゃったのかも知れない。それは天国に住むどなたか、こなたか、そなたか、あなたかも知れなかったけれども、キキは心から有り難いと感謝できたのだった。

　こういうことってやっぱりあるんだ。

　ねえ、スゴイって思わない？

ハリファックスよ、
オ・ルボワール（サヨウナラ）

　キキの引っ越し荷物はトラックに積まれて、ハリファックスの港へと運ばれて行った。フランス行きのコンテナーに乗せるために。キキがカナダを永遠にオ・ルボワール（さようなら）するんだっていう現実を前にして、レオが突然会いに来た。大粒の真珠のような涙がハラハラとレオ

のホッペを伝った。でもレオは、

「自分が間違ってたヨ。カナダに残ってちょうだい、モン・アムール（ボクの愛する人）。もうあんな意地悪しないからさア」

とは口が裂けても言えない、山のように大きなデッカイ、悲しいエゴを持っていたんだ。それを知りつくしていたから、最後までレオを守ってあげようとしていたキキの胸は、グシャグシャに潰れそうになってしまった。ほんとうにエゴさえなくなれば、人生なんてとっても簡単で、とってもしあわせになれるんだけれどもナー……。

キキはシリメツレツに、

『オメエハーン、ドーして、イーマごろ会いに来たノー、チョーっと遅スギとちゃうかーってんノー、ホントーにモー、自分で蒔いたータネアー、自分でーカリトルーって、知ってんノーカえーってんノー……』

って思ったんだけど、やっぱりかわいそう過ぎて、とても口には出せなかった。レオはまっ赤な目をしてしょんぼりとマナーハウスへ帰っていったのだった。

キキはエアー・フランスの飛行機に乗ってパリに向かっていた。

ルルがまたシャトールーの駅に迎えに来てくれた。今度はルルは一度も間違えないで家に戻って来た。その日はちょうどクリスマス・イヴに当たっていた。

ルルは天井にスレスレの高さの、とてもでっかいクリスマス・ツリーを用意してくれていた。そして一生懸命に大奮闘したという形跡が残る、半分フランス料理、半分日本料理に似ているようなヘンテコリンな、でも愛情いっぱいのお料理もキキのために用意してくれていたのだった。

ウェディングの日

　ルルとの結婚式が春に決まった。

　最初はまずシャシニヨールの村役場で。そしてその次は日本へ行って仏教のお寺で。イカメシクもおやさしそうなお坊さまに祝福されて式を挙げた。

　これは全部ルルが望んだことだった。最初の奥さまと別れて40年間、合気道をただひとつのパッションにしてきた。そうして一匹オオカミとして生きて来たルルは、家族の愛情というものを忘れかけていた。

　キキは日本の家族を、次々とルルに紹介していった。キキのお兄さん、お姉さん、妹、甥ッ子、姪ッ子、そして従兄弟たち、またその子どもたちまで……。特に姪ッ子の息子は、「ルンルン！　ルンルン！」と、やさしいルルのフサフサのシッポに食らいついて離れなかった。ルルはみん

なの人気者になってしまった。日本語も話せるし、おもしろいし、ハンサムだし、アラン・ドロンなんて足元にも及ばない大スターになって、ルルは本当にしあわせそうだった。

　キキもひっそりと、

『もしお父さん、お母さんが生きてたらどんなに喜んでくれただろうか。今度こそ本当に親孝行ができたのに……』

　と、遅すぎたしあわせをひとりかみしめていた。

ジョルジュ・サンドとショパンの国

　ルルとの毎日は、心休まるバラ色の日々が続いた。曇りの日でもキキの心はサンサンサンサンと、太陽の光に満ちているようだった。

　ルルは何でもキキの好きなことをやらせてくれた。キキのアイデアをいつもサポートしてくれた。ルルの家は1785年に建てられた、典型的なベリー地方のスタイルの、石造りで、でっかいファームハウスだった。

　キキのタペストリー・アートの作品のために、家にアトリエを作ってもいいと言ってくれた。そのお陰で、キキは再びアーチストとして、伸び伸びと作品を作ることができ

た。そしてその作品展が『ミュージック・シェ・ジョルジュ・サンド』（ジョルジュ・サンドの家でミュージックを）とタイトルをつけて、ノアン村の小さなアートギャラリーでできることになった。

　このギャラリーはショパンとの愛の物語で有名な、ジョルジュ・サンドのお城のすぐ前にあった。毎年夏になると『フェスティバル・ショパン』が開かれて、世界中からクラシック音楽ファンのメロマヌたちが押し寄せて来る。ちょうどその時期と重なって、キキの個展には沢山のお客さまがコンサートのついでに足を運んで下さった。日本からのショパンのファンも何人かいらっしゃった。

　キキの作品はもともとバレエやオペラをテーマにしたものが多かった。カナダで買っていただいた『サロメのダンス』、『くるみ割り人形』、『白鳥の湖』、『コッペリア』。そして日本の作品展で求めていただいた『バラの妖精』、『コンセール・シャンペートル』、そして『ラ・ダーム・ア・ラ・リコルヌ』（貴婦人と一角獣）など。

　また今回新しく『真夏の夜の夢』、『椿姫』、『ジゼル』、そして大型のタペストリー『美女と野獣』など、ミュージックのテーマが加えられた。

　このノアンの村は、ルルの家から車で16分のところにある。だからキキは毎日お客さまのために、イソイソワクワ

クとギャラリーに通うことができた。

　ルルもアートの作品展なんて初めてで、興味シンシンお手伝いに来てくれた。でもルルのすることなんて結局あまり大したお役目もなくて、あってもときどきどこからともなく侵入してくるハエを追い出すことぐらいだった。

　それでもルルはとても神妙な面持ちで、あの大きなフサフサのまっ白なシッポを使って、キキの作品にとまろうとするハエには容赦なく「ハイエーッ！」と、ハイエース並みの一撃（いちげき）を食らわしてくれた。

　2週間の作品展が終わり、キキのゲストブックは素敵（すてき）なコメントで満ち溢（あふ）れていた。至るところから「うちの村でも作品展をしませんか？」というお誘（さそ）いの言葉をいただいた。そしてキキが心を込めて作った手作りの絵葉書は、350枚以上売れていた。

ルル先生のフィロソフィー

　ルルはキキに向かってよく、「マ・プチット・クルヌ（ボクのかわいいピエロ、道化師）」とか、「マ・プチット・ファム・ボナール（ボクのかわいい、しあわせ奥さん）」と呼んでくれた。

これらはキキにとってルルの最高の愛情を表す言葉だった。そう呼ばれるたびにキキの心にいつもポッとやさしい、温かい光が灯されるのを感じた。

　キキが何か言うと、ルルは大きな声でカラカラとよく笑ってくれた。特に笑わせようとしなくてもルルは、
「なんてキキはおもしろいんだ。まるで『ハヤシヤ・キキゾウ』っていう落語家みたいだ」
と言っていつも上機嫌だった。
　キキは同じことを言ってもしても、レオといっしょだったときと、反応がこんなにも違うものかと驚くことがよくあった。そして心の上機嫌な人といっしょにいられるしあわせを、つくづくとかみしめていた。

　ルルが、フランスの地図の上の、ちょうどおへそにあたるまんまん中のこの小さな村に、パリから引っ越して来たのにはわけがあった。ルルは、パリでも有名な合気道の道場で沢山の生徒を抱える人気者の先生だった。その道場には名前のよく知れた映画スターや、政治家も通って来ていた。ルル先生は本当にやさしくて、子どもに教えるのがとても上手だった。だからルルがパリを離れた後も、何十年経ってからも、生徒たちはルルのことを思い出して、お母さんになっても、おじいさんになっても、昔の合気道のルル先生を慕って連絡を取ってきた。

　ルル先生には大きな夢があった。それは、合気道をやり
たくても道場が近くになくて出来ない子どもたちに、日本
で生まれたこの素晴らしい武道を教えてあげることだった。
あの怪物のような大先生の、素晴らしいフィロソフィー
（哲学）の教えを伝えてあげることだった。そしてその道
場は、誰でも、どこからでも通って来ることができる場所
にしたかったんだ。

　パリだと南の方に住んでる子どもは通って来られないし、
南の方のマルセイユとか、カンヌとか、ニースの道場だと
北の方のパリや、ストラスブールに住む子どもには遠過ぎ
るから来るのが難しい。だからルルはどうしても、フラン
スのまん中に当たる場所に道場を作りたかったんだって。

　そして遂にフランスのどまん中の、森があり、小川があ
り、のどかで、ロマンチックで、牧歌的な、美しいフレ村
にあるこのファームハウスを見つけたんだ。キキがここへ
引っ越して来たときには、屋根裏に大きな道場があって、
コットンでおおわれたスポーツ用の畳まで用意されていた。
ただルルが夢にまで見て、待ち続けていた子どもたちがい
なかっただけだった。

　ルルは結局6キロ離れた町の《柔道、空手、体操、ピン
ポン、ダンス、エアロビックと、ビックりするほど何でも
ござる》スポーツセンターの道場で教えることになってい
った。でもルルの合気道に対する愛情とパッションは、生

211

徒がたったひとりのときでもなくなくならなかった。貧しい子どもには、ただで合気道を教えていた。そしてそれはルルが肺癌になって、呼吸をするのが難しくなるまで続いた。

「あんな立派なパリの道場を見捨てて、こんな田舎に来るなんて、ちょっとどうかしている」

「やっぱり、パリの道場の方が、お金が沢山入ってきたんじゃないの？」

「子どもたちのことより、まず自分のことを考えなきゃあ、ね」

　なんてみんなに言われたこともよくあった。

　青山 俊董さんという、禅宗の尼さんがいらっしゃる。俊董さんの書かれた本の中に、インドの小鳥さんの物語があった。

『あるとき山火事が起きた。動物たちはそろってみんな安全な場所へ逃げていった。ただ１羽の小鳥さんだけが、近くの谷川へいって羽を濡らして、ボウボウと燃えさかる火の上に何滴かの水を落としていた。それを何度も、何度も繰り返して……羽もだんだんボロボロになってきてしまった。それを見ていたほかの動物たちは、笑いながら言った。

「そんなことをしても火は消えやしないよ。無駄なことだよ」

「そのうちに羽が燃えて焼け死んじゃうよ」

「山のことより、早く逃げた方が自分のためだよ」

でも小鳥さんは言った。

「それはわかっているよ。この小さな羽ではとてもこの山火事は消えないって。でもお世話になって、食べ物もいっぱいいただいたこの山が、燃えてしまうのを見てはいられないんだ。今ここで自分にできることはこれしかないから。だから続けるんだよ」と。

『自分のためにならないからやらない……。これは人間が計算して決めること。自分のためにならない、でも今ここでは、これしかできないから精一杯やるんだ。このような清らかな心が、み仏さまの世界に通じていくのです』

という俊董さんのお話だった。

ルルの決めたことはルルのためにはならなかった。お金も名誉も入ってこなくなった。でも怪物大先生への恩返しと、日本の武士道精神への憧れとパッションがルルにはあった。だからこれしかないけれど、ルルは最後まで続けたんだ。ルルの心の清らかさを、キキはホノボノとした喜びとともに感じていた。

レオの訪問

ルルとの毎日は、キキがもう随分前に忘れてしまってい

た質素で平凡な家族の愛情がベースになっていた。ルルは40年前に離婚して、家族の愛というものがなくなってしまって、合気道一筋に生きて来たから、その家族愛の大切さを身をもって知っていた。だからキキのことを、ちょうどクリスタルのバカラのバラの花のように、壊れないように、傷つけないように、本当に大切にしてくれていた。

　そんなんだったから、ルルと夫婦喧嘩をしたことは一度もなかった。そんなある日カナダから電話が入ってきた。レオからだった。

「実はあのスコシアン・マナーを売り払ったんだ。それでなんだけど、キキを遺産の相続人にしようと思ってるんだ。そしてもう一度結婚して、世界一周の旅に出ようと思っている。もちろんキキが、あのイカレタ仏教をやめるんだったらの話だけれど」

　キキはすぐに返事をした。

「ごめんネ。でも、もうそれはできなくなったの」

「どうして？」

「だって、キキはもう再婚したから」

「………」

　電話の向こうでは、レオの息が止まっていた。レオは次の日飛行機に飛び乗って、キキの住んでいるフレ村まで会いに来たのだった。そしてルルのいないところでキキに向かって、

「あんな貧しいオオカミなんて見捨てて、カナダに帰ろう

214

よ。そして世界一周の旅に出よう。ホラ、ここにオリエン
ト・エクスプレスのカタログがあるから。パリからトルコ
のイスタンブールまで列車で行って、そのあとは中近東へ
2人で旅に出ようよ」

　キキはレオを、小さな水車小屋のある小川のほとりの、
忘れな草でおおわれた散歩道へ連れ出した。そうすること
でレオを遠ざけて、ルルの心を傷つけないように、ルルを
守ろうとした。キキの前でレオは大泣きに泣いた。大粒の
真珠（しんじゅ）のような涙がハラハラハラハラとレオのホッペを伝っ
た。キキの胸は張り裂けそうだった。

『な〜んで今ごろなの〜オ〜！　キキはもう、な〜んねん
も、な〜んねんも、待ってたんだよ〜！　ちょっとあんた
ネ〜、いっつもいっつも、遅過ぎる〜ツンのってんの〜
……！　ホントニモ〜！』

　キキは知っていた。レオとだったら素晴（すば）らしい世界旅行
ができただろうって。オリエント・エクスプレスに乗って、
ハイ・ソサエティの人たちとともに、忘れられない豪華で
エレガントな列車の旅ができただろうって。

　でもそんな夢のようなはかない喜びよりも、キキにとっ
ては代え難（がた）いものがあった。命にかけても守りたいものが
あった。それはルルの愛情だった。ルルはキキを無条件で
愛してくれる。キキが好きなことなら、ルルは何でも受け
入れてくれた。ミミズクオジサンでも、ミミマウスでも、
ミニーマウスでも、ミミナシホーイチでも、果ては、ミミ

ナシ食パンでも……。ルルの信頼を裏切ることなんてキキには考えも及ばないことだった。

キキが絶対に譲らないという固い覚悟を知って、レオはスゴスゴと肩を落としてカナダへ帰って行った。

キキのこの気持ち、君ならきっとわかってくれるよね？

バレンタイン・デーの悲劇

キキは２月の14日、ささやかなバレンタイン・ディナーを用意した。ルルの大好物のタルタル・ステーキをこしらえて、デザートはもちろんこれもルルの大好きな、アルコール漬けのチェリーの入った、ブラックフォレスト・チョコレートケーキにした。

ソロソロ夜も更け始めたころ、ルルは昔知り合った、ある合気道の先生の話をし始めた。その先生と恋人の喧嘩の話になって、その恋人はジェラシーのために、窓から飛び降り自殺を図ろうとしたんだって。

ルルのこのようなたわいのない昔話をボンヤリと聞きながら、キキは何となく２階に上がりたくなってきた。そしてそこで、その後のキキの記憶が消えてしまった。おぼろげながら救急車のウワーンウワーンウワーンと鳴り響くサ

イレンの音、そして病院のようなところで、人がいっぱい右往左往と動き回っている気配を感じていた。そしてその中のひとりが、

「あーっ！　意識（いしき）が戻ってきた！」

「オー！　これは奇跡だ！」

という驚きの声も聞こえてきた。

　キキは、シャトールーの病院の救急治療室で目が覚めたのだった。そのときひとりのドクターが、鼻からモウモウと怒りの鼻息を吹き出しながら、キキに向かって叫んだ。

「あなたは、窓から飛び降り自殺をしようとしたんですョーッ！」

「ええーっ???」

　キキは一体何が起きたのかすぐにはわからなかったんだけれども、みんながカッカカッカと怒って、キキに自殺は絶対（ぜったい）にいけないとか、どうして死のうとしたのかなどと、お咎（とが）めの言葉をジャンジャン投げかけてくるものだから、だんだんとわかってきたんだ。

　キキは２階のベッドルームの出窓から、５メートル下のコンクリートの床に落っこちてしまったんだ。みんなはキキが飛び降り自殺をしようとしたと決めてしまっていた。キキの頭は完全にコンガラガッテいたんだけれど、ただ左手の薬指の爪が折れていたのを見て、

『ああ、キキの身代わりになって下さったんだ！』

　とすぐに、神さま仏さまに心から感謝（かんしゃ）することができた

のだった。左手の薬指というのは、フランスでは結婚指輪をはめる指で、アニュエールと呼ばれている。後になってキキは、その爪が折れたことの意味を知ることになる。

　何日かが過ぎて行った。キキがなーんにも覚えていないことや、記憶がなくなってしまったことは誰にも信じてもらえなかった。キキ本人も記憶喪失なんて、小説や映画では見たことあったんだけど、自分に起きるなんて本当に小説か映画みたいだなーんて、今度は笑うこともできなかった。

　１週間が経ってキキは車椅子に乗せられて、フレ村の家に戻って来ることができた。骨も、どこも、ここも、そこも、何も折れていなかったことは奇跡だと言われた。でも落っこちたショックで、キキの顔がまっ黒けのケになっちゃって、ちょうどアッパーカットかストレートパンチみたいなのを、100発以上いただいてしまったような、アーザアザで、アザ笑えるほど哀れなキキに成り果てていた。
　やさしいルルは、キキが死んでしまったと思ってパニックのようになってしまっていた。体が動かなくなって、ひとときは言葉も出なくなってしまっていた。その上に警察署からお呼びがかかって、
『ひょっとして夫婦喧嘩の際に、奥さんを窓から突き落とそうとしたのでは？』

218

　と疑われてしまった。キキはやっとこのころ、ステキな
ステッキを使って、何とか歩けるようになっていたから、
ルルといっしょに警察署へ行った。そしてホントウのホン
トにキキの記憶がなくなっちゃったこと。ルルほどやさし
いダンナさまはこの世にはいないこと。夫婦喧嘩なんて一
度もしたことがないこと、などなどなど……をコンコンセ
ツセツと丁寧にセツめいしてきた。

　ポリスマンは目をシロクロアオクロさせて聞いてくれて、
何とかかんとかやっと納得してくれたのだった。

ファントム（お化け）屋敷

　キキにはどうしてもわからなかった。一体全体、何が起
こったのだろうか。どうしてキキの頭から記憶（きおく）がなくなっ
ちゃったんだろうか。

　もともと記憶はそんなによくなかったんだけれども。で
もなぜキキは、２階の出窓から飛び降りてしまったんだろ
う。それもよりによって、恋人たちのシンボルのはずのバ
レンタイン・デーに。

　ミミズクオジサンに聞いてみたかった。教えてもらいた
かった。ミミズクオジサンのお答えは、間違っていたこと

は一度としてなかった。そのお答えはいつも慈悲と、希望と、光に満ち満ちていた。キキが人生で一番苦しかったときも、キキがもうダメだと思って死んでしまおうとしたときも、いつも世界の果てからでも飛んで来て、キキをおんぶして歩いて下さった。

　でも今度はルルが苦しんでいた。あの事故はルルのせいじゃあないよって、それを証明してあげたかった。大好きなルルに元気になってもらいたかった。3週間が過ぎていった。そしてミミズクオジサンは、キキのふかーいメディタション（瞑想）の中に出て来て下さった。そしておっしゃったんだ。

「今から250年以上前のことです。この土地に高いタワーが建っていました。そのタワーの上から失恋の悲しみに耐えられず、女の人が飛び降り自殺をしたのです。その深い苦しみはこの土地に埋もれたまま消えないで、今日まで続いているのです。あなたにその苦しみから救ってもらいたいとの、この方の必死の思いが、さらにあのような苦しみを引き寄せてしまったのです」

　そして最後にミミズクオジサンは、キキのお豆腐のような脳ミソに、ずぶとーい五寸クギをカッキンコーンと打ち込まれたのだった。

「こういう事故が起きたということは、あなたの心の奥深くに、やはりこの方とよく似た一面があったということです」

220

　キキはそこでハッと気がついたんだ。そういえばキキが苦しかったとき、とっても辛（つら）かったとき、お父さんやお母さんが死ぬほど悲しむなんてことも考えないで、
『こんなことなら、いっそのこと死んでしまったほうがいいや。そうしたらもっとずーっと楽になるだろうから』
　なんて真剣（しんけん）に、必死に、エゴイストに、自分の楽になることだけを考えていたときがよくあったっけ。そういうキキの心の《スキ》に、この女の人の地獄の苦しみが入り込んでしまったんだ。それにしてもミミズクオジサンのお答えは、すべての点で現実（げんじつ）と一致していた。

　この土地に住むお年寄りの言い伝えによると、その昔この家には、お城のような高いタワーが建っていたらしいこと。何十年も前、今はキッチンになっているその地下を掘り起こしたときに、なんと２メートル以上の厚さの石の壁が四方から出て来たこと。そんなに厚い土台の壁は、普通（ふつう）の建物には使われることはないから、確かにそこには高いタワーが建っていたのだろうということ。
　キキはミミズクオジサンの話を聞いて、身の毛もよだつような思いをしたんだ。本当にそのぶ厚い石の土台が、この家の地下室にあるのを見たんだから。それでキツネの全身の毛がよだって、キキはやっぱりチャウチャウ犬のように見えてたと思うよ。
　お友だちのケムシのムッシーくんにその話を聞かせたら、

やっぱり怖がってゾゾーッとしたと言って、ケムシの毛も総立ちになっていたから。

　普通ならこの家は、ファントム（お化け）屋敷と呼ばれるところなんだ、きっと。キキがこの事故から学んだとても大切なことは、人が自殺すると250年以上という、気の遠くなるほど長ーい、長ーい間、土の中のまっ暗なジメジメした寒ーいところに、たったひとり埋められてしまうということ。

　そしてウラメに出てしまったや、ウラメしやーと、ウーウーメーメーウメき続けなくてはならないということだった。

　何百年も、何千年も、ひょっとして何万年も延々と続く孤独なんて、一体どんなものだろうか。自殺したくても、もう死んでいるのだからこれ以上死ぬこともできないし、どこに行くことも、逃げることもできないなんて。その苦しみはキキが想像することもできないほど、おどろおどろしいものなんだろう。

　ミミズさんか、モグラさんか、ダンゴ虫さんか、オシリカジリ虫さんにときどきオシリをかじられるほかには、訪れて来るものは誰ひとりいないんだ。

　多分そこは自殺した人にとっては、地獄よりももっと地獄的なところなんだろう。キキの知っている普通のノーマ

222

ルな地獄なら、赤や青やピンクや紫や、ヒョウ柄かシマシマ模様のパンツをはいた鬼さんたちがいて、グツグツとお釜のお湯を煮立てているはずだから、もっとカラフルで、もっとにぎやかで、もっと暖かいはずなんだ。

　もしもキキが行くんだったら、やっぱり普通の鬼さんたちのいる、普通のまともな地獄の方がズーッといいかなあとも考えている。キキは今度の事故で、自殺の恐ろしさがヒシヒシと身に沁みてわかったから、もう二度とそんなこと考えることもしないようになったんだよ。

　自殺して今の苦しみから逃れようなんて、まったくもってとんでもない話なんだ。もっともっと恐ろしい、永遠にひとりぽっちの底なし地獄の苦しみが待っているんだから……。

　キキは昔読んだ、お釈迦さまのお話を思い出していた。自殺しようとした娘さんにされたお話を。
　重ーい木の荷車を壊したら、ズーッと楽になれるだろうと思った牛さんは、楽になるどころか、もっともっと重くて冷たい鋼鉄の荷車を、永遠に引きずらなくてはならなくなったというお話を。
　キキはこのとき以来、タワーの上から飛び降り自殺した女の人のために、お祈りをして上げるようになった。
　『今度生まれてくるときは、自殺なんかしないでネ。そし

てキキのように法蔵さまを信じて、本当のしあわせを見つけてネ。この事故でキキはまっ黒けになっちゃって苦しんだけれど、これで君に法蔵さまとのご縁ができたからもう大丈夫だよ』と。

　２月14日のバレンタイン・デーから２カ月が経って、キキの誕生日が来た。キキの健康は完全に戻ってきた。何の後遺症もなく普通に歩けるようになったんだ。やっぱり神さま仏さまにお助けしていただいたんだ。
　ルルは原因がわかって、心が休まって、とってもうれしくってキキに素敵な靴をプレゼントしてくれた。
「お誕生日にはこのクツでクツろいで、クツクツボーシさん見つけに行こうね」

どんなドクターも治せない病気

　キキとルルには、以前のように穏やかで平凡な日々が戻ってきた。それがどんなに大切なことかが、キキにはわかり過ぎるほどわかったんだ。そしてそれがルルのお陰だということも。だからキキはルルが喜ぶことだったら、
「ルルのたーめなら、どーんなことでも、そーんなことでも、エーンヤコーラショー！」

ってしてあげようと思っていた。

そんなある日のこと、ルルの耳が急にジンジンジーンと痛み始めたので、耳のドクターに連絡を取って診てもらいにいった。そうしたら結果は大したことなくて、診察はすぐに終わった。でもすぐその後でどうしたことか、出窓から落っこちたあの事故のことに話が進んでしまった。ドクターはキキに、

「どのドクターが手術をされたのですか？」

と聞かれた。この地域の病院のドクターはみんなお知り合いだったから。キキはありのままに、怪我もなくてどこも折れていなかったこと。だから手術は必要なかったこと。主任のドクターに奇跡だって言われたことなどを話した。そして最後に小さな声でひとことだけ、

「ブッダのお陰です」と付け加えたんだった。

そうしたらこのドクターはそれを聞き逃さなかった。そして、

「実はわたしの息子が、世界中のどんなドクターも治せない病気にかかってしまったんです。毎日、泣き続けているんですよ。よろしかったら息子をあなたのおうちに送りますから、そのブッダさんのお話をしてやって下さいませんか？」

とおっしゃった。

どうぞと返事したら、その2日後にドクターの息子さんがキキの家にやって来た。若くてほっそりとした、ハンサ

225

ムな鹿くんだった。キキの目にもはっきりと、大きな苦しみを抱えていることがわかった。この鹿のカッシーくんは目に一杯涙をたたえながら、胸に抱えていたすべての苦しみをキキに打ち明けてくれた。多分そうすることで、藁をもつかみたい思いだったんだ。

　カッシーくんはフィアンセとともに、南アメリカのブラジルに旅行した。そこでカッシーくんのフィアンセが、おなかに赤ちゃんがいたのに、ホテルの窓から飛び降り自殺をしてしまった。それは不思議なことにあの２月の14日、またしてもバレンタイン・デーだった。
　カッシーくんは殺人の疑いをかけられて、何カ月もブラジルの牢屋に入れられてしまった。やっとのことでフランスに戻って来たけれど、カッシーくんは生きる希望をすべてなくしていた……。

　キキは何時間もカッシーくんのお話を聞いてあげた。そしてカッシーくんが、ホーッ、とため息ついて、何となくポッと心が軽くなったような顔になったときに言ってあげた。
「カッシーくん、この世の中には人が出来ることと出来ないことがあるんだよ。カッシーくんの今の心の病気は、人間には治せないよ。でもブッダだったら、どんな心の病も治すことのできる、この世の最高のドクターだってお経の

本に書いてあるんだよ。もしよかったら、カッシーくんの心の問題をお任せしてみたら？」

　と言ってキキは、カッシーくんにミミズクオジサンを紹介してあげたのだった。

　カッシーくんはまたその翌日にキキを訪ねて来た。キキが何時間もかけてカッシーくんの悩みや、苦しい胸の内を聞いてあげたことに感謝の心を持ったのか、《元文四年未丁月若文藤（？）》というサインの入った、とっても古ーいお侍さんの弓をキキにプレゼントしてくれたのだった。書道のできないキキにはチンプンカンプンで読めなかったけれども、多分江戸時代の1739年の6月あたりに《若ナントカ》という弓作りの名人が作られたものらしい。この弓は、カッシーくんのおじいさんが日本へ行ったときに、お友だちになった日本人から、友情のしるしとして渡されたものだと説明してくれた。そのあとカッシーくんは2度、ミミズクオジサンに会ったということを聞いた。でもそれからカッシーくんはどこかに姿を消してしまった。

　それから何カ月かが経っていった。ある日キキは、中近東の国から一通の手紙を受け取った。カッシーくんからだった。その手紙には、ボランティアで人を助ける事業に参加していること。そこで新しいフィアンセに巡り会えたこと。そのフィアンセには赤ちゃんがおなかにできたこと。

また再びこんなにしあわせになれるとは、夢にも思ってみなかったこと。そしてどれほどキキに感謝の心を持っているか、ということが綿々と綴られていた。

キキはそれを読んで、ドクター・ブッダは最高の形でカッシーくんの心の病気を治して下さったんだ、と大きな感謝と喜びが湧き上がって来るのを感じることができた。

『カッシーくんにも奇跡を起こしていただいた』と。

そして、急にルルの耳が痛くなったのも、キキにはどなたかのすごーい知恵と計算が働いていたような気がしてならない。そしてカッシーくんのおじいさんも、天から摩訶不思議なお力を、カッシーくんにソッとそえられたのだろうとキキは信じている。

ミミズクオジサンが消えた

アメリカのマーガレット・F・パワーズさんという詩人が作ったといわれる、キキの大好きな「あしあと」という詩がある。

ある晩私は夢を見た。砂浜で休んでいた私の目の前に、今までの人生が次々と、走馬灯のように現れてきた。砂の上には私の足跡と神さまのと、2人の足跡がついていた。

でも私が辛かったとき、苦しかったときには、1人分の足跡しかついていなかった。そこで私は神さまに聞いた。

「神さま、どうして私が困っているときに、あなたは私をお見捨てになられたのですか?」

すると、神さまは、

「愛するわが子よ、そうではないよ。あなたが辛いとき、苦しいとき、私はあなたをおんぶして歩いて来たんだよ」

1人分の足跡は神さまのものだったんだ。

キキの辛いとき、苦しかったとき、やっぱりミミズクオジサンはキキをおんぶして歩いて来て下さったんだ。この美しい詩のお陰で、キキはこう考えることができたのだった。

キキはルルと巡り会えたチャンスとしあわせを、毎日かみしめながら暮らしていた。あのカナダの針のムシロの上の生活と、フランスでのルルとの、溢れ出るような光の中の生活とを思い比べながら。でもあのレオとの厳しい毎日があったからこそ、今の平和な日々が有り難く感じられるんだ、とキキは思えるようになった。そして、そういう心を持てるようにしてくれたレオにも、キキはやっと心から感謝ができるようになってきた。

そんな平和な日々が続いていたある日の午後、ミミズクオジサンがキキの深ーいメディタション(瞑想)に出てき

229

て下さった。そしてとても不思議なことをおっしゃった。
「……私の教えでは、あなたはこれ以上この先に進めない
ところまで来ました。あなたがどんなに努力をしても無理
なのです。そのことは決してあなたのせいではありません。
あなたの家族でも、先祖でも、友だちのせいでもありませ
ん。あなたのまったく知らないお方が、それを願っておら
れるのです」
　そして最後にひとこと、
「そのお方は男の人です」
　それで終わりだった。そしてミミズクオジサンは、どこ
へともなくキキの前から飛び去ってしまわれた。
「ど・ど・どうして？　その男の人って誰？」
　と聞く暇もなかった。キキはとっても信じられなかった。
一番最初の日に夢でお会いした日から、ミミズクオジサン
はキキの生活の一部になってきていた。キキが苦しかった
とき、悲しかったとき、死んでしまいたいと思ったときで
も、必ず、かならーず、ミミズクオジサンは、世界の果て
からでも駆けつけて下さった。そしてときにはキキの脳天
（頭）に、大型のゲンコツの雨を食らわして下さったこと
もあった。
　レオがキキに「ブッダをとるか、オレをとるか、決めろ
ーっ！　ガーオーッ！」と迫って来たとき、キキはブッダ
を選んでそれで離婚になっちゃったんだ。そうしてキキは
今日まで、ミミズクオジサンとともに歩んで来たつもりだ

った。

　キキは急に、砂浜の上についていた2人分の足跡が消えて、キキの足跡しか見えなくなってしまったのを感じた。突然たったひとり、暗ーい、底知れない大海原に、ザンブリコーンって放り出されたような気持ちになっていた。
　キキは本当に今度こそみなしごの、一匹ギツネになってしまったように感じていた。

禅宗との出会い

　キキはミミズクオジサンに言われたことを、何度も何度もおなかの中で繰り返していた。でもキキの小さな脳ミソでは、どうしても答えが見つからなかったので、ルルに相談してみた。するとルルは、
「ロワール川のほとりの、ブロアっていう町の近くに、日本の禅宗のお寺があるから今度行ってみるといいよ」
　と言って、日本の弟子丸泰仙というお坊さまが1980年代に開かれた、ジャンドロニエール（禅道尼苑）という禅のお寺を教えてくれた。
　ルルは若いときに柔道で怪我をした膝が痛くなって、長い時間坐禅ができなくなっていた。それを残念に思ってい

たから、ルルの代わりにキキが坐禅を始めることをとても
喜んでくれた。

　ジャンドロニエールのお寺は、18世紀に建てられた、赤
と白の美しいレンガの壁のエレガントなお城の中にあった。
そこには小川が流れ、杉や、樫（かし）や、白樺（しらかば）の木々がたたずむ
森が延々と広がっていた。沢山（たくさん）の小鳥がさえずり、リスが
駆け回って、イノシシの親子がよくやって来た。そしてオ
シドリのスイスイ泳ぎ回る広い湖も見られた。そのお寺へ
キキは興味シンシンでやって来た。そこで何かの答えが見
つかるかも知れないって、淡い望みを持ちながら。

　４月の30日は、弟子丸先生の28回忌のセレモニーが行わ
れていた。先生は27年前にお亡くなりになった。日本とま
ったく同じスタイルの、グレーの石のお墓が先生のために
建てられていた。そこには『開山黙堂泰仙（かいざんもくどうたいせん）』と日本の文字
が彫られてあった。
　沢山のフランス人、スペイン人、イタリア人、イギリス
人、ドイツ人、ベルギー人、そして、カナダのケベックか
らも参加者があった。300人くらいの人が来ていた。大き
な道場は完全に静まり返っていた。ハエのハエずる音しか
聞こえないほどだった。みんなとっても真面目（まじめ）そうに、坐
蒲（ふ）という、坐禅用のまあるいクッションをお尻の下に敷い
て、瞑想をしている。

232

　キキも真似をして、その坐蒲とやらを敷いてメディタション（瞑想）をしようとしたんだけど、何しろ初めてのこと、足がイターイ、イタタターッ！　イッタイ、イタイ！とってもじゃあない！　どうしてみんなこんなひどい、マゾ的なこと我慢できるんだろう！

　キキはマゾマゾモソモソと、何とかこの痛みが軽くなるようなポジションを探していた。そうしたらやっぱり目立ってしまった。メディタションホールから、庭が見える廊下につまみ出されてしまった。そこはキキみたいに初めての人とか、太り過ぎて坐禅の組めない人などの専用の席で、足の悪い人、お年寄りのために椅子も用意してあった。

　キキは落第生の仲間ができてホッとしながら、今度はリラックスしたスタイルで坐禅を続けることができた。その坐禅は、朝、昼、晩と３回、３日の間続いた。キキは訳のわからないまま、落第生の廊下から、ボンヤリと中庭の風景を眺めていた。そこでは朝から晩までミツバチや、ミツバチの兄貴分のようなバンブル・ビーがせっせと働いていた。甘い蜜を集めに、アジュガというかわいい登り藤のような青紫色の、美しい野生の花を訪れていた。

　３日の間中、ズーッとそれを見続けていたキキは、３日目になって突然、ピカアーッと輝くばかりの光が、キキの薄暗い小さな脳ミソに差し込んできたのを感じた。
「アワワワーッ、ワカッタゾ〜、わからなかったことがワ

カッタゾーッ！　ユーレーカー！（ギリシャ語でわかった
ゾー！　という意味）」

　キキはこの3日間、ミツバチとアジュガの花を見つめ続
けて、一番根本のこの大宇宙の仕組み、大自然の摂理とい
うものに目覚めたのだった。キキが今までやってきたこと、
考えてきたこと、すべてが大自然の中の法則にそっていな
かったんだ。ナチュラルじゃあなかったんだ。だから苦し
かったんだ、悲しかったんだ、難しかったんだ。仏さまも、
ミミズクオジサンも、それをキキに教えて下さっていたの
に、キキはいーっつも、いっつでーも、神さま仏さま、そ
して、ミミズクオジサンのみ心からずれていたんだ。正し
い道からそれていたんだ。

「自然に生きなさいよ。楽しんで生きなさいよ。リラック
スして生きなさいよ」って言われていたのがわかんなかっ
たんだ。それをミツバチとアジュガの花がキキに見せてく
れたんだ。キキに黙って教えてくれたんだ。坐禅の後で、
何気なくお寺の食堂の壁を見上げると、あのキキの大好き
な、おやさしい良寛和尚さまの歌が掛かっていた。

『花開くとき、蝶が来て、蝶が来るとき、花開く、すべて
が無心に、自分も相手も、お互いに知らなくても、大自然
の法則に従っている』

　ナーンと!!!　何カ月も、何年も、何十年もかかってキ
キがやっとこさわかったことが、良寛さまは、『花無心招
蝶（花は無心にして蝶を招く）』という歌に見事に歌われ

234

ていたんだ。すでに200年も前に。

本当のしあわせ

　禅のことばに《啐啄同時》というのがある。キキの何とも頼りない脳ミソでは、とっても覚えられない難しい言葉だ。これは、ヒヨコが今ちょうど生まれ出ようとするとき「ソッソッ」と中から卵の殻をつつく。そのまったく同じときに、親鳥も「タクタク」と外から殻をつつく。その瞬間に、卵のカラがカラーンと破れて、ヒヨコが「オギャアアーンッ！」と生まれるようになっている大自然の法則のことなんだ。

　永遠にドス暗いキツネ穴から、どうしたら抜け出せるのだろう。どこかに出口があるのだろうか。どこからか針の先っちょほどの光が差して来ないだろうかと、地球の果てまで探しに行った。逆立ちしても、ウデタテフセしても、どうしても見つからなかった輝くような黄金の光が、今、突然としてキキの目の前に現れた。それは『ソッソッ』とつつくヒヨコ・ギツネの音を聞きつけて、いち早く親鳥・ボトケさまが、ミツバチとアジュガの花に化けて『タクタク』と、かたーい、ぶあつーい、キキの心の殻を破って下

235

さったのかも知れない。

　悲しいことにキツネも人間も、自分の力だけでは絶対に自分の殻を破ることができない。目には見えない、とてつもなくでっかい、とてつもなくやっさしい、とてつもなくフーワフワした、外からの力があってやっとこさ、その固くてぶ厚ーい、エゴという殻が破れるんだ。そのときにこそ本当のしあわせが訪れてくる。

　その本当のしあわせというのは、病気になっても、年を取っても、死んで行くときでも崩れない『絶対のしあわせ』と呼ばれる。何故ならそれはみ仏さまといっしょに作るものだから。ソッソッ、タクタクと同時につつき合いながら、「オッギャアアアーンッ……！」と生まれさせて頂くものだから。

　有名な臨済宗の白隠禅師さまは、ある秋も深まった夜、コオロギがコオロコオロと鳴く声を聞いて、寒いだろう、おなか空いただろうと哀れに思われてホロリと涙を落とされた。そのとき突然、心から法華経の意味を悟って、ゴオロゴオロと大泣きに泣かれたという。

　み仏さまは4つの形に変身することができるんだって。その4つ目が化身といって、どんなものにも化けることができるんだって。寒い冬が近づいてきたある秋の夜、み仏

さまはコオロギに化けて、白隠禅師さまの殻をタクタクとつつかれた。キキのときにはミツバチとアジュガの花に化けられて、キキのぶ厚ーい心の殻が破れたように。

　それにしても何と素晴らしいアクターなんだろうか、み仏さまというお方は……！　キツネやタヌキよりも、アラン・ドロンよりも、アラー、ドローンと、化け方がスッゴイ、スゴイッ！　あのスッゴイ歌舞伎俳優の、市川エビゾウなんゾウ、足元にも及ばないゾウ……と、いつゾウヤなんゾウ、思ったゾウ。キキは今までにないほどのリラックスした軽々とした心で、ルルの喜ぶ顔を思い浮かべながら、家への道をルルンルルンと走っていた。

ナンマンダーブツ

　ミミズクオジサンが、あの不思議なお言葉を残して飛び去っていかれたあと、キキはズーッとその意味を考え続けていた。必ず何かを言われているのに違いないと、その答えを探し続けてきた。

「あなたのまったく知らないお方が、それを願っておられるのです」

　それは誰のことなんだろうか。キキのまるっきり知らないお方だなんて。キキの家族でも、先祖でも、友だちでも

ないなんて、そして男の方だって。一体全体それは誰なんだろう。

　小さな脳ミソをネリネリとネリにネって探してみても、キキにはどうしても思い当たらなかった。でももうそれでいいんだ。ミツバチと、アジュガの花と、良寛さまがキキに教えてくれたんだもの。

『自然のままに生きなさいよ。楽しんでリラックスして生きなさいよ』

　キキはカッチンコチンで生きていたんだ。いつも大真面目に、こうしなきゃいけないって、自分で法律を作って、自分で自分を縛りつけて、自分にムチ打ちながら生きてきたんだ。だから悲しかったんだ。辛かったんだ。苦しくて仕方がなかったんだ。

　そう思いついたとき、キキは子ども時代に戻って行っていた。自然のままに。キキは思い出していた。キキのおうちには、神棚があって、お仏壇があって、イースターの卵があったっけ。そしておばあちゃんがお仏壇に向かって、「ナンマンダブ、ナンマンダブ、ナンマンダーブツ」と、毎日お祈りしていたっけ。ああ、きっとあのとき、ナンマンダブツの種がキキのまっさらな心に蒔かれたんだ。

　あのトンチで有名な一休さんは、浄土真宗という教えを開かれた親鸞聖人の、黒い漆塗りの像を見て、

『えり巻きの　暖かそうな　黒ボーズ　こやつの教えは　天下

238

一だぞー』

　という歌を作られている。一休さんは禅宗のお坊さんだったけれど、蓮如上人というお坊さまととても仲がよかった。この蓮如さまは、親鸞聖人から数えて8代目の、浄土真宗の跡取りのお坊さまだった。

　一休さんは、

『阿弥陀さまのおいでになる極楽浄土という素晴らしいところには、十万億土という、とんでもない数の仏さまの国を超えなくてはたどり着けないよ』

　と書かれた阿弥陀経というお経を読んで、蓮如さまに、

『それじゃあ、足腰の弱いジジババは、行こうと思っても行けないじゃあないの?!』

　というトンチのある歌を作って送られた。そうしたら蓮如さまは、

『十万億土はとっても遠くて大変だけれど、近道するにはナンマンダブツーと唱えるだけですよ』

　と、同じようにトンチをもった歌で返事をされたという。そして十万億土というのは距離の長さではなくて、人間の持つ自分中心の心から出てくる悲しみの深さ、そしてエゴの心から生まれる苦しみの大きさのことだとキキは教えられた。

　禅宗の青山俊董さんは、たった5つのときに、お坊さまになるためにお寺に入られた。その小さな女の子に教え

239

られたみ仏さまの教えとは、一体全体どのようなものだったのか。

それは、

「おまえがいけないことをすると、阿弥陀さまのお手々の親指と人差し指で作られた丸のサインが、三角になってしまうんだよ」

というおばさまのお言葉だった。この小さな女の子はそれを守って、生涯み仏さまから丸をいただけるように、道を外して三角になってしまわないようにと生きてこられた。

俊董さんは、もう何度もフランスのお寺に来られて、み仏さまのみ教えをヨーロッパの人たちに伝えていらっしゃる。限りなくみ仏さまに引っ張っていただいて、いつも丸をいただけるように生きていけばいいのですよ、というみ教えを。

キキの戒名

キキはこのジャンドロニエールのお寺で、ミツバチ・ボトケさまとお花・ボトケさまに、正しい天の道を見せてもらってから、よくこのお寺を訪れるようになった。ここにはとても自由な雰囲気が漂っていて、キキが坐禅のやり方を間違えても、みんなが『大丈夫、心配ないよ』っていう

240

顔を見せてホノボノと微笑んでくれるんだ。このことはキキにすごい安心感を与えてくれた。

　これはこのお寺を開かれた弟子丸先生の性格が、カリスマが、大きな影響を与えているようだった。

　1967年に、先生はたったひとりで、フランスに禅を広めるために、日本からシベリア鉄道を乗り継いでパリに来られた。フランス語なんてひとことも話せなくっても、英語もブロークンでも、お不動さまのような強い意志と、観音さまのような大らかなやさしさと、チャーリー・チャップリンのようなユーモアを持って、次々とヨーロッパに何万人ものお弟子さんを作っていかれた。最後には、200以上の禅の道場ができたんだって。キキとは何という大きな違いがあるんだろう。今のところキキには、《ディディ》っていう雑種の犬が一匹しかついて来てくれないのに……。

　先生は外国人にも簡単にわかるように、食事のマナーもセレモニーのやり方も、とってもシンプルにされたんだ。例えばお食事のとき、日本のお寺では沢山のお椀や、お箸、スプーンなどを使う決まりがあるんだけれど、お椀ひとつとスプーン1本だけでよろしいよって、先生は決めた。キキはそれを知って大喜びした。というのは、日本にいたとき、お母さんがお茶を点てたり、懐石料理を用意するときなんか、あんまり色々なお道具がありすぎて、決まりが

241

ありすぎて、フニャフニャでヨワヨワのキキの頭が、グル
グル回ってしまったから。
　このジャンドロニエールのお寺のお料理というのは、お
野菜中心の精進料理に、ときどき鶏肉が入っていたり、
お魚が出てきたり、ワインもあったり。チョコレートムー
スもチョコチョコ出てきて、もうキキは大喜びしてムース
こしでアワ踊りを始めるところだった。

　キキのお師匠さんは、テレビにもよく出ている有名な方
だった。名前をローランといった。みんなが「ローラン」
と呼び捨てにしていたから、キキもローランってなれなれ
しく呼ぶことにした。
　坐禅中のローランの説明はキキにはとってもわかりやす
くて、いつもおなかにストンと落ちてくれるような気がし
ていた。ローランはキキに受戒をするといいよ、とすすめ
てくれた。受戒というのはみ仏さまの跡に続いていきます、
という天との約束ごとなんだって。そしてこの世に命をい
ただいて、この命を死ぬまで正しく使っていきますと決め
たときに、戒名という名前をいただくんだって。死んでか
らの名前ではないんだ。菩薩になるための名前のことなん
だ。
『キキには４つしか手と足がないのに、千も手のある観音
さまみたいになれるのかなあ？』
　心配になったから、親しくなったお友だちに聞いたら、

ぜひぜひと勧めるし、ルルまでとっても喜んでくれた。だからルルが喜ぶことならと思ってキキはすぐに決めた。

　お受戒のためにウイークエンドにお寺へ通いながら、1年かかってラクスという、胸にかける小さなお袈裟を縫い上げた。そしてキキはローランに手紙を書いた。その手紙の内容からお師匠さんは、菩薩の名前を決められることになっていた。キキの手紙には、ルルに最高のプレゼントをしたいからと付け加えておいた。

　こうしてお受戒の日、2012年、8月22日にキキは、「泰仁」という名前の菩薩として生まれたのだった。〈だいじん〉というのは大きな慈悲という意味なんだって。〈だいじん〉の「泰」という字は弟子丸泰仙の「泰」と、ローラン泰山和尚の「泰」と同じだから、キキにとっては、もの凄い価値のあるプレゼントをいただけたように思われたのだった。

　キキの髪の毛がちょっと切り取られただけで、丸ボーズにはされなかった。そういうことも、弟子丸先生が、なるべくシンプルにするように考えられたことだった。だからツルツル頭のハゲギツネを見ることはなかった。そのあと「血脈」という紙が渡された。この紙には、お釈迦さまから始まった赤いラインが長く続いていた。血の出るような思いで伝えていただいたという意味なんだって。

その赤いラインには日本人が大好きな、あの有名な、坐禅し過ぎて足が腐ってしまったダルマさんも入っていた。そして日本で禅を始められた道元和尚さん、弟子丸先生の先生の、澤木興道和尚さん。そして弟子丸和尚さんの次が、キキの先生のローラン和尚さん。そして最後に、キツネ菩薩の泰仁大姉の名前で終わっていた。

　こんなに恐れ多くてもったいないという思いを持ったのは、キキが生まれて初めてのことだった。

　その後キキは、このお寺に何かご恩返しができないかナ、と小さな頭をグルグル回転させてみた。そしてキキの大好きな布を使って《刺し子》という、日本で生まれた素敵な刺しゅうのワークショップを開催したんだ。すると何人かの生徒さんが古裂や、ボロ布を使って、とてもフレンチでチャーミングな小物を作ってしまい、キキの方がビックリギョーテンしたことがあった。例えばあるおボーさまは息子さんが使い古して穴のあいた２本のジーンズと、奥さまのはかなくなったスカートをリフォームして、キキも欲しくなるような個性的なサムエを作られたり、とかね。《ジャパニーズ・ボロ》ってネ、この頃アメリカでもすごーく人気のあるファッションになってきてるんだ。

　この刺し子のワークショップは、今ではとっても楽しく有意義なものになってきているんだよ。

センジュカンノン

死という大問題

　キキが小さかったころ、ひとりぼっちで寂しくて、底知れない穴におびえて、悲しくって辛くって仕方がなかった。あまりにもそのことが怖くて、その暗ーい闇から逃げるために、早くこの世から消えてしまいたいとまで思っていた。

　キキがとっても怖かったまっ暗なキツネ穴というのは、ひとりぼっちという暗闇だった。そしてその闇というのは死ぬことを表していた。キキは、自分がたったひとりでその苦しみをオンブしているんだと思っていた。そのときのキキの目には、神棚も、お仏壇も、イースターの卵も映っていても、本当に見えていなかった。ナンマンダブツーって唱えるおばあちゃんの声が耳に入ってきていても、本当に聞こえていなかった。

　ぜーんぶしあわせの材料が完全にそろっていたのに、キキの心の目には届いていなかったんだ。み仏さまに「丸」をいただける道が見えなかったんだ。でもキキが日本を離れて、初めてレオと出会い、そしてルルと巡り会って、キキの目は、耳は、磨かれていった。

　苦しみと喜びの両方があって、初めてキキは成長するこ

とができた。そしてそのとき初めて、おばあちゃんが蒔いてくれた信心の種が、キキの心の中で芽を出し、育ち、清らかなつぼみを持ち始めたのかも知れない。

　ねえ、そうじゃない？　君はどう思う？

　きょうキキは、松原泰道和尚さまの書かれた『わたしの歎異抄入門』という本を読んで、親鸞聖人のみ教えに出会うことができた。そしてそれがご縁となって、キキの心の中に眠っていたナンマンダブツの種に、水と光が注がれたような気がする。

　泰道和尚さまは禅宗のお坊さまだったけれども、101才でお亡くなりになるまで、

「ひとりでも多くの人に、み仏さまとの尊いご縁を」

　と、宗教の壁のない《南無の会》を作られた。昔の辻説法のように、カフェテリアなどで沢山の人に生涯かけてみ教えを伝えていかれた語り部だった。

　浄土真宗の教えを開かれた親鸞さまは、お亡くなりになる前に次のお言葉を残されている。

「もうすぐわたしは阿弥陀さまのお国へ帰るけれど、寄せては返す波のようにすぐ戻ってくるからね。１人いるときは２人、２人のときは３人と思えば、親鸞はその中のひとりなんだよ。うれしいときも悲しいときも、あなたは一人ではないのだよ。いつも親鸞がそばにいるから」

ああ、キキはもうひとりぽっちじゃあないんだ。親鸞さまがいつもそばにいて下さるんだ。

　キキはいつも思っていたよ。あんまり寂しい時は、

『もしキキが、双子だったらどんなに良かったかなあ』

　と。本当に心がわかり合える相手が欲しかったんだよ。

　親鸞さまほど『死ぬ』ということ、『人は死んだらどうなるのか』ということについて、お心を注がれたお方はなかった。そしてその解決法を阿弥陀さまのみ教えに見出されて、90才でお亡くなりになるまで、生涯かけてそのみ教えを人々に叫び続けていかれたのだった。

　そのためにお坊さまの資格をはぎ取られ、島流しにされてしまっても。

青い鳥

　ベルギーの作家、モーリス・メーテルリンクの書いた《青い鳥》は、チルチルとミチルがしあわせのシンボルの青い鳥を探しにいく、夢の中の冒険のお話だった。最後には、自分たちの家の中にこそ青い鳥が待っていたと気が付く。それはまったくキキの夢のようなお話にそのまま当てはめられた。気が『チルチルとミもチル』ほど『青い鳥

肌』立っていた、子ギツネの冒険物語。

『キキとドウほうの、あの神社の前のキツネの門番くん、いまドウしてるかなあ？　門番くんが教えてくれた《ドウ》（道）を、キキは、ドウにかコウにかやっと見つけたんだよ。

　それはドウやら、キキの心の奥深ーくに、ドウもうずもれていたらしいんだ。だからドウしても光が十分に当たっていなくて、ドウやってもよく見えなかったんだ。それをお天ドウさまに日干しして、虫干ししたら、ドウしてか《ブッドウ》が見えてきて、このドウ話の物語ができたんだよ。

　しあわせをつかむためにドウこう言わないで、ドウドウとして、《ドウ》を探しに行きなって言ってくれた門番くん、ホンドウにドウもありがドウ。キキは今とってもしあわせになれたんだドウ。ドウ？　門番くん？』

　フランスのド＝ゴール大統領のもとで、文部大臣となったアンドレ・マルローさんは、那智の滝に触れて、日本の神さまに感動され、日本を愛された。そして、『21世紀は、魂の時代』という、フランス人なら知らない人はいないほど有名な言葉を残されている。

　世界的な哲学者を沢山出してきたフランスで、大思想家として尊敬されたマルローさんは、フランスの英雄たちのお墓《パンテオン神殿》に眠っていらっしゃる。ここには《星の王子さま》の著者、アントワーヌ・ド・サン＝テグ

ジュペリさんや、ノーベル賞を2度も受賞した、マリー・キュリー夫人の遺骨も納められている。

　そんな凄いマルローさんの心を感動させた、日本の魂ってやっぱり凄いんだ。日本の神さま仏さまって世界最高なんだ。そんな日本に生まれたキキって、やっぱり世界一ラッキーだったと思う。

　そんなラッキー・キッキーが人生の中で巡り会ったレオは、慈悲の炎の中にカッカと燃えたお不動さまが、そしてルルはやさしい思いやりに溢れた観音さまが、姿を変えて出て来られたのかも知れない。

　こうしてこのふたりのブッダが、キキをここまで導いて来てくれたのかも知れない。そしてミミズクオジサンは、あの不思議な、神秘的な、つかみどころのない、フーワフワした、まったくもって訳のわからない、でも多分キキの背筋がゾクゾクゾクーってするほどのものすごーく素敵な、永遠の命を持った、永遠に光り輝くアミダさまというお方のお使いとして、十万億土も超えた遠い国から、キキにそれを教えに来て下さったのかも知れない。

おわりに

　キキのお話を読んでいただきまして、どうも有り難うございました。ここに書いた内容は、本当にあったことがベースになっています。登場人物も実際にいた人、会った人たちが動物になって出てきて下さいました。

　このお話を書いているうちに、悲しい、辛い思いがドンドコズンズク出てきてしまって、一時は胸が苦しくなってしまいました。ちょうど色々な感情の入った引き出しに鍵がかかっていたのに、それをワザワザ開けてみたら、中に入っていたものがザワザワ出てきてしまったように。

　ある時など、とても切なくて、もうやめた方がいいかなあとも思いました。キキは今こうしてしあわせになれたんだから、ワザワザ知らない人をとっつかまえて、ザワザワとうるさいヘンテコリンなお話を聞いてもらうことなんて、いらないんじゃないかなあとも思いました。でも書き進めているうちに、キキのお話が誰かにインスピレーションを与えられるかも知れない。キキの小さいころのように、辛くて、悲しくて、もう死んでしまいたいと思っているひとりの子どもや、心の支えをなくしたおとなの人が、キキの本の中に生きる希望と光を見つけてくれるかも知れないと

思えてきて、最後にはとても明るい気持ちになることができました。

　キキの最初のハズバンド、レオは、人間界ではジョルジュという名前でした。２度目のハズバンドのルルは、みなさまにマルセルと呼ばれました。

　レオは若いころから科学哲学に興味を持って、この大宇宙の仕組みを研究してきました。レオの世界には、神さま仏さまがまったくおられないのです。何十年もかけて遂にその本を書き終わって印刷したところで、レオはアルツハイマーという頭がボケてしまう病気になったのです。
　ダーク・ブルーの表紙には金色の文字が使われていて、とてもエレガントで素敵なぶ厚い本が出来上がっていました。本の題は日本語にすると、
『科学哲学の大問題　その理論的解決法　特に、生物学的心理現象』
　というものでした。内容はというと、キキの……ではなくて、アインシュタインのレベルの脳ミソが必要だと思われるような本でした。生涯かけて、大切に握りしめて、これこそ本物だと思って書き続けて来たレオの本は、誰にも読まれることなく、まっ暗闇の中に消えて行きました。
　そしてあの世界最高のライフルや、ショットガンや、ピストルのコレクションも、命をかけて捕らえに行った、あ

の世界で一番長い角を持った鹿や、ライオンや、象の足や、動物の剝製のコレクションも、ゴージャスな白熊の敷物も、高価なクリストフルの銀食器も、バカラのクリスタルグラスのコレクションも、すべてがレオの世界から消え去って行きました。

　キキはレオの病気のことをお友だちから聞いて、ルルのお許しをいただいて、カナダのレオに会いに行きました。訪ねて来るお友だちもいなくて、レオはただひとり呆然と生きていました。大きなお化け屋敷のような古ーいおうちを借りて、そこには何の飾り気もない薄暗ーいお部屋が15もあって、たった１枚だけ、キキの写真が大切そうにベッドルームに置いてありました。本当にキキは胸が痛みました。弁護士さんに相談して、最高裁判所まで行って、レオの保護者になれるように手続きをしました。

　そのお陰でレオをとてもいいナーシング・ホーム（医療付き老人ホーム）に入れることができました。そしてお葬式屋さんにも連絡をとって、亡くなったら、お骨を、レオの愛したアトランティックの海へ流してもらうようにと手続きをしてきました。

　レオは2017年の８月14日に亡くなりました。ナーシング・ホームの院長さんはキキに、

「最後まで、あなたのことを慕っていらっしゃいましたよ。本当のラヴ・ストーリーでしたね」

　とおっしゃって下さいました。レオは病気になる前に、

キキが一生お金のことで困らないようにと、弁護士の事務所ですべての手続きをしてくれていたのです。

　ルルはというと、最初の奥さまと別れてから40年間吸い続けたシガレットが原因で、肺癌になってしまいました。でもいつも、
「ボクは世界で一番のしあわせものだよ」
　と言い続けてくれました。亡くなる前の日には、だんだんと穏やかな夢の中に入って行ったようで、キキが病室を訪ねると、
「ああ、ママン、来てくれたんだね……」
　と、とてもうれしそうな顔を見せてくれました。亡くなったお母さんが迎えにきたと思ったようでした。
　ルルは2018年の6月9日に亡くなりました。ということは、キキは2年続けて2度未亡人になってしまったのです。何の薬も香水も使わなかったのに、ルルの体からとってもいい匂いがしていたと看護師さんに言われました。お化粧も何もしなかったお棺の中のルルの顔は、生きていたときよりも若返って、ピンクっぽくって、輝くような色に変わっていました。モナリザのようなかすかな微笑みが浮かんでいて、ルルはとても素晴らしいところに行けたんだと想像することができました。
　大いなるものに守られて、そのみ心を、合気道を通して伝えようとしていたルル。そして最後に、お借りした命を

256

やさしく引き取っていただけたルル。このように生きられたことの素晴らしさ、大切さを目のあたりにした瞬間(しゅんかん)でした。そのルルを見て、あんなに泣き虫のキキの目から、涙が一滴も流れてこないのです。悲しみよりも、驚きと喜びの方が大きかったのだと思います。

　瀬戸内 寂 聴(せ とうちじゃくちょう)さんという尼さんがおっしゃっていました。
「自分以外の誰かをしあわせにするために、人はこの世に送り出されてきたのです」
　キキはこのお言葉を聞いて、胸がいっぱいになりました。ふたりのハズバンドをしあわせにしようと、あの長ーいお箸(はし)を使って相手の口に運んでいたら、いつのまにかキキが大きなしあわせをつかんでいたのです。
　日本に禅をもたらして下さった道元さまは、
「春は花 夏ほととぎす　秋は月　冬雪さえて 涼(すず)しかりけり」
　と美しい日本の四季を詠われています。この自然の美こそが、み仏さまの心であることをキキに教えて下さいました。きょうキキはお父さんもお母さんも、レオもルルもいなくなって、フランスでは雑種のワンちゃんディディスケと、たったふたりぼっちになってしまいました。でも毎日が有り難く、楽しく、美しく、すずやかで、とっても平和なときを過ごしています。

キキが小さいころ、やさしい家族に囲まれていても、ひとりぽっちという暗ーい、底なしの穴に落ちていくような孤独感から逃げられなくって、心が潰れそうだったことがウソのようです。以前は、孤独なふたりの主人をしあわせにできたとうぬぼれていましたが、このふたりがいてくれたからこそ、キキもしあわせになれたんだと思えるようになってきました。本当のしあわせというものを、レオとルルという「ふたりのブッダ」が教えてくれたのだと思います。

　最後に、キキの大好きな親鸞さまのお言葉をお届けします。
『いつ明けるかわからないほどの、まっ暗な長い夜でも、わたしを照らす大きなともし火がある。だからわたしが知恵のないおろかなものであっても、それを悲しむことはない』
（※親鸞聖人最晩年の著作『正像末和讃』より）

　将来への不安をいっぱい抱えて、毎日を生きている人々に送る、なんという力強いお言葉でしょうか。
　みなさま、本当にありがとうございました。
　出版にあたりまして、貴重なご助言をいただいた文芸社の川邊朋代様、原田浩二様には心からお礼を申し上げます。

著者プロフィール

キヨコ・ヴィルジネ＝サゴウ

1948年、岐阜に生まれる。
東京文化服装学院卒業。
1975年、ファッション・ジャーナリストとしてパリへ。
その後アーチストとして、カナダ、ノバスコシア州に20年間滞在中、
総合病院の３億円寄付金募集タペストリー、カナダ400年記念の歴史タペストリー等のアートコンクールに選出される。
2000年にフランスへ戻り、現在アンドル県在住。
フランス、カナダ、日本で数々のタペストリー・アート展開催。

ふらんすのふたりのブッダがおしえてくれたこと

ほんとうの生きる意味としあわせは、日本の仏教【ぶっきょう】の中にあった……色々な動物がいっぱい出てくる、ユメのようなホントのおはなし

2021年12月15日　初版第１刷発行

文とイラスト　キヨコ・ヴィルジネ＝サゴウ
発行者　瓜谷　綱延
発行所　株式会社文芸社
　　　　〒160-0022　東京都新宿区新宿1－10－1
　　　　　　　　　電話　03-5369-3060（代表）
　　　　　　　　　03-5369-2299（販売）

印刷所　図書印刷株式会社